워크 앤 프리

work & free

일러두기

* 본 도서는 국립국어원 표기 규정 및 외래어 표기 규정을 준수하였습니다.
  다만 일부 입말로 굳어진 용어의 경우에는 작가의 표기 규정을 따랐습니다.
* 영화명은〈 〉로 표기하였습니다.

워크 앤 프리

work & free

박하 지음

직업의 세계 바깥에서   유영하기

1장

2년 일하고, 2년 여행하며 산다

2장

할 수 있는 일이라면 어떤 일이든 한다

3장

편리함 뒤에도 사람이 있다

오래 쓰던 카메라를 판다는 마음

'무엇이든 한 번에 가는 게 싸다.' 여행에서 얻은 지론입니다. 어떤 종류의 물건을 살 때나 선택의 갈림길에서 고민할 때, 하물며 이동 수단에 대해서도 말이죠. 이렇듯 사람의 무의식 속 삶과 결부되어 있는 건 돈과 시간이 아닌가 싶습니다. 부자가 아니라면, 우리는 별수 없이 시간과 돈을 저울질해야만 합니다. 그러나 대부분의 경우를 따져봤을 때, 돈을 아끼기 위해 들이는 시간만큼을 금액으로 계산해 본다면 결국 시간을 아끼려 돈을 지불하는 것과 엇비슷하게 떨어진다는 걸 알 수 있습니다. 그렇다면 이 고민은 무용한 걸까요.

카메라를 팔았습니다. 제 주머니 사정으로는 터무니없는 값을 지불하고 마련한 물건이었습니다. 평생 쓰겠다고 다짐하는 것이 사치의 증거였을지언정 저에겐 그 가치가 있을 만큼 마음에 들지 않는 구석이 없던 물건이었습니다. 그 다짐이 무색하게 다시 카메라를 판매하려고 중고 사이트에 올렸을 때야 '결국 욕심을 부려 이 꼴이 나는구나.' 생각했습니다. 사랑하는 물건을 이름도 모르는 사람의 손에 넘겨주고 마는 일도 다 돈 때문이었으니까요.

생계유지를 위하여 직업을 갖고 돈을 버는 일은 인간이 사회에서 살아가기 위해 마땅히 취해야 하는 수단입니다. '반드시 그래야만 할까?' 하나의 의문으로 출발한 생각은 이내 소비를 줄이자는 결론에 이르렀습니다. 필요한 금액이 생길 때마다 돈을 벌기 시작했고, 목적이 있지 않다면 적당히 모아두고 스트레스를 받지 않는 편이 되었습니다. 마음속 무게 추가 덜어진 느낌이었습니다. 그러나 한편으로는 정말 이렇게 살아도 되나 불안에 떨기도 했습니다.

제 카메라의 브랜드는 라이카였습니다. 저는 걸맞지 않은 옷을 입은 사람처럼 일부러 비싼 것을 들었습니다. 늘 어깨에 메고 다니며 집에 돌아오면 애지중지 쓸고 닦고 정비를 깨끗이 해 다시 가방에 넣어두었습니다. 행여 비를 맞을까 늘 우산을 챙기고, 치안이 좋지 않은 나라로 여행을 가면 남에게 보이지 않도록 꼭꼭 숨긴 채 잘 꺼내지도 않았습니다. 거의 모시고 살았다시피 말입니다. 그럼에도 카메라가 제게 남겨준 추억은 헤아릴 수 없이 많았습니다. 여러 카메라를 거쳐오면서 딱히 큰 애정이 들지 않았는데 이 녀석만큼은 보내기가 참 서글퍼 팔기 직전까지도 관둘까 고민했던 것 같습니다. 그때의 저는 당장 집세를 내지 못해 쫓겨날 신세였고, 그렇다고 분에 겨운 카메라를 안고 길거리에 나앉을 수는 없는 노릇이니까요. 그래서 더 좋은 곳으로 카메라를 보냈습니다.

한때 사진에 진심이던 저였기에 더 슬펐습니다. 대체 돈이 뭐라고. 사랑하는 물건과의 피치 못한 이별에 가슴이 시렸습니다. 이런 이별을 다시는 겪고 싶지 않아서 다음 날부터 부지런히 일하기 시작했습니다. '두고 보자, 돈을 모아 언젠가 다시 너를 들이리라.' 깊고 낮은 슬픔이 가슴 속에서 웅웅 울렸습니다.

이런 경우는 처음이었기에 삶에 대한 확신을 떨어트리는 걸 느꼈습니다. 이래서 사람들이 안정적인 미래를 위하여 돈을 모으는 거구나. 나처럼 사는 사람은 중요하게 여기던 삶이 쉽게 위협받을 수도 있겠구나. 그간 돈을 벌기 위한 많은 일을 겪었습니다. 어떤 일은 누구나 해봄 직하고, 또 어떤 일은 나만 겪었을 수도 있는 이런저런 일들. 모든 일은 저의 거름이 되었습니다. 여행자로서도, 작가로서도, 그리고 저 자신으로서도 꼭 이야기해보고 싶었습니다. 어느 시절엔 한 직장에 진득하게 오래 있을 생각도 있었습니다. 사람들이 그렇게 입에 침이 마르도록 외우는 '평범한 삶'을 느껴보려 한 적도 있습니다. 평범한 것이 역시 가장 어렵다는 건 적어도 제겐 옳은 말이었습니다. 어떤 일을 하든 마음먹은 것과 달리 금세 질려버리는 습성에 스스로 항복하고 말았으니까요. '난 이렇게 살 수 없어.'라는 생각만은 결코 양보할 기미가 없었습니다. 전 일각에서 '프리 워커free worker'라고 불리는 삶의 방식을 그대로 답습하여 살기로 했습니다. 적당히 일하다 내가 하고 싶은 여행이나 취미 생활을 하고 돈이라는 물질이 떨어지면 일을 찾기도 하면서 말이에요. 한 곳에서 오래도록 일하며 붙어 있는 사람들과 다른 점은 '머나먼 미래' 대신에 '그리 머지않은 미래'를 준비하는 것에 있습니다.

프리 워커의 필요 충분조건은 개인의 능력과 안전망이 확보된 사회입니다. 저의 경우는 어떨까요. 능력이 출중한, 판타지 속 주인공 같은 사람을 기대했다면 틀렸습니다. 저는 평범 혹은 그 하위에 머무는 사람이었고, 그렇다면 이런 삶을 용인하는 사회는 어디 있을까요. 어딘가에 있고 어딘가에는 없습니다. 그래서 더 능동적이어야만 했습니다. 어쩐지 저는 제 카메라처럼 분에 겨운 삶을 살겠다고 덤비고 있을는지도 모릅니다. 하늘에서 돈이 뚝 떨어지지 않는 이상 상념에 빠져 허우적대고 있기보다 움직여보는 것을 택했을 뿐입니다.

무엇이든 한 번에 가는 게 싸다는 건 인생에 대입했을 때도 똑같이 적용됩니다. 자신에게 꼭 맞는 일을 골라 만족도 높은 삶을 이어갈 수 있다면 빠를수록 좋습니다. 그러나 삶에 맞는 방식을 찾는 게 어디 쉬운가요. '세상에 영원한 일은 없고 이런 일도, 저런 일도 영 맞지 않아서 전전하는 사람들이 있는 걸 보면 부유하거나 안정적인 것만이 생의 목표는 아니지 않을까.' 그런 생각에 다다르니 지금이라도 제게 맞는 방식을 찾은 게 손해는 아닙니다.

그렇게 이어 나간 삶은 좋아하는 것을 포기하지 않는 삶으로 변모했습니다. 사전적 의미의 필요 충분조건도 제게 스며들었다가 다른 것으로 변했습니다. '어떤 삶을 살고 싶니.' 지금도 여전히 스스로 끊임없이 물어보고 있습니다. 남들만큼 충분히 가지지 못해도 괜찮은지, 욕심을 거세하고 군더더기 없이 살 수 있을지. 여유의 구간을 지나 욕심의 구획을 나누고 그 사이에서 자유를 도모합니다. 나름대로 만든 규율을 따르며 느낀 바 정작 이런 삶의 형태에 필요했던 건 자기 통제력과 명확한 목표 의식입니다.

친구들은 제게 물어옵니다. 미래를 준비하지 않느냐고. 그리고 더 이상 불안하지 않은 제가 대답합니다. 너는 미래에 살기로 했구나, 나는 현재에 살기로 했어.

1장

2년 일하고, 2년 여행하며 산다

먹고 일하고 잘 쉬는 방법

아르헨티나에 있을 때의 일이다. 작은 초밥집을 운영하는 노부부의 집, 호스텔로도 운영되고 있는 넓은 집에서 머무르며 간간이 일을 돕고 지냈다. 한국을 떠난 지 벌써 50년 가까이 되어 종종 내게 단어를 묻곤 하는 한국인 할머니와 무뚝뚝한 일본인 할아버지는 두 분 모두 군더더기 없이 날 대했다. 일은 꼭 하루의 몫만큼, 그리고 잘 쉬는 방법에 대한 조언은 불씨만큼 작게 던져주었다.

호스텔에서 숙식을 제공받으며 일하는 것은 여행자에게 으레 벌어지는 일이다. 스페인어를 할 줄 아는 내가 스페인어를 못하는 뭇 여행자들의 버스나 투어를 예약해 주고 숙소 청소를 도맡아 했다. 침구를 갈고 빨래를 널고 바닥을 쓴 뒤 물걸레질을 한다. 종종 길을 못 찾고 헤매는 사람을 찾아 마중을 나가기도 했다. 참으로 담백한 일상에서 평화가 깃든다. '더는 아무 데도 가지 말아야겠다.' 소일거리로 마당의 풀을 뽑고 들개에게 밥을 주면서 생각했다. 아르헨티나는 여기서 끝. 열심히 쉬어보자고.

황량한 벌판을 가로질러 장을 보고 밥을 지었다. 할머니는 빙하를 보러 아침 일찍 떠나는 사람들에게 주먹밥을 만들어 팔았다. 맛이 꽤 괜찮아 몰래 따라 만들어보려다 들키고 말았는데, 영 뭉쳐지지 않고 손에 자주 달라붙는 밥알을 입에 넣으며 곤란해하던 차였다. "그렇게 하면 안 돼요." 소금물에 손을 찰박찰박 적시던 내게 할머니가 한 말이다. 할머니가 손을 뻗어 몇 번 쥐자 참치마요 오니기리가 뚝딱 만들어졌다. 마법 같았다. "손을 먼저 적시고 소금을 그 위에 솔솔 뿌려요. 손에 밥을 얹고 속을 넣고, 살짝 식으면 감싸듯 삼각형으로 딱 세 번." 주인 할머니는 영화 〈카모메 식당〉에 나오는 할머니와 비슷한 느낌이었다. 한국에서는 밥알이 달라붙지 않도록 소금물을 쓰라고 하던데 전혀 다른 방식이어서 놀랐다. "혀에 소금이 가장 먼저 닿으면, 침샘이 돌면서 사람이 감칠맛을 느껴요. 더 맛있게 느끼는 거지."

이후로 주먹밥을 파는 일은 나의 일이 되었다. 할머니의 요리법대로 만들었는데 반응이 좋았다. 부수입으로 용돈을 하라는 할머니의 배려가 기뻤다. 이후로도 나에게 마음을 더 쓰고 싶으셨던지 할머니는 초밥집에서 일해볼 생각이 있냐고 물었다. 서

빙과 설거지, 재료 준비 같은 단순한 일이었다. 나는 당근을 채 썰거나 생선을 옮기거나 미소 장국을 끓였다. 동네의 단골들과 스스럼없이 친해져 즐거웠고 할머니, 할아버지와 연어 자투리로 국을 끓여 먹는 게 낙이 됐다.

하루는 할머니가 캘리포니아롤에 들어가는 '필라델피아 크림치즈'가 몽땅 떨어져 하루 가게를 닫겠다고 했다. "어차피 가게도 쉬고 숙박객도 없는 날이니 드라이브 겸 함께 사러 다녀오는 게 어때요?"라고 물어오기에 흔쾌히 응했다. 크림치즈를 파는 도시는 자그마치 430km쯤 떨어져 있다고 했다.

새벽같이 출발한 탓에 할머니는 금방 곯아떨어졌고 길이 고르지 않아 편도 다섯 시간이 걸리는 거리를 일곱 시간쯤 달렸다. 난 할아버지 옆 조수석에 앉았다. 스페인어를 조금 하고 한국말을 아주 조금 아는 일본인과 스페인어를 조금 하고 일본말을 아주 조금 아는 한국인이 지평선과 완만한 언덕뿐인 평야를 하염없이 달리고 있었다. 김광석의 노래를 들었고, 일본의 김광석이라던 어느 가수의 노래를 번갈아 들으며 흥얼거리다가 이런저런 이야기를 스페인어와 일본어, 한국어까지 섞어 말하면서 일곱 시간을 보냈다. 한국에선 조수석에서 운전자가 졸지 않도록 함께 이야기 나누는 것이 예의라고까지 할 정도였으니 나눌 이야기가 얼마나 모자랐는지 짐작할 수 있을 것이다.

운전 중 멈추는 건 너구리를 발견했을 때, 또는 여우를 만났을 때, 할아버지가 담배를 태울 때, 허리가 아파 스트레칭을 할 때, 노상 방뇨를 할 때뿐. 난 함께 내려 아무것도 없는 지평선 끝점부터 가까운 지점으로 초점을 옮겨가며 듬성듬성 자란 낮은 목초 몇 군데다 눈길을 뒀다. 그럼 바람이 불고 그랬다.

할아버지가 마트 안으로 먼저 들어가 유제품 판매대를 찾을 때 할머니는 뒤에 가까이 와서는 나지막이 말했다. "둘이 일곱 시간을 어쩜 그리도 재미있게 놀아요?" 그 말을 듣고 보니 나는 시간이 어떻게 갔는지도 모르고 얕은 의미의 단어로 더 깊은 뜻을 찾으려는 재미가 실은 대단한 장난이 아닐까 생각했다.

적게 먹고 잘 쉬니 건강해졌다. 무엇보다 마음의 날씨가 건강한 맑음으로 변했다. 돈을 아끼려 시작한 일은 돈을 쓰더라도 얻지 못할 기억이 된다. 단순히 많은 여행자를 만나며 이야기를 나누고 좋은 인연을 만들어 잘 먹여 보내는 일이라고만 생각했었는데 이건 그보다 경건한 삶의 형상이었다. 나의 가벼운 주머니는 언제 어디서나 자신의 쓸모를 생각하게 한다. 쓸모 있는 사람이 된다는 건, 쓸모 있음을 느끼게 하는 사람들 덕이다. 한국을 떠난 지 오래되어 이제 기억이 희미해진 할머니는 오래 전 삶이 어렴풋이 남아 있어 기억 속 아주 깊숙이 배인 옛 노래를 흥얼거렸다.

나도 이렇게 단순하고 소박하게 살 수 있을까? "언젠가 이런 삶을 살고 싶어요." 마당에서 엉겅퀴를 캐다 말고 나는 나도 모르게 말을 뱉고 말았다. 멀리 지평선에서 노을이 질 참이었다. 할머니는 호미를 내려두곤 주머니에서 담배를 꺼내 물었다. 그리곤 지긋이 먼 곳을 응시하며 말했다. "그럼 그렇게 살아요." 자신도 남편도 살면 얼마나 살겠느냐고. 슬하에 자식도 없는데 이 집과 가게를 남겨 무얼 하겠느냐고. 돈은 살아갈 만큼만 벌면 된다며 자신이 죽기 전에 다시 오거든 받아가라고 말했다. 그 말이 진심인지 아닌지는 알 길이 없으나 할머니도, 사뭇 짓궂은 할아버지도 진심을 말하지 않는 사람들은 아니었다.

낯선 사람들과 맺는 작은 관계. 오로지 크림치즈를 찾아 430km를 달릴 수 있는 하루. 그게 좋다. 내가 꿈꾸는 삶의 형태를 생각했을 때 아르헨티나를 떠올린 것도 어쩌면 당연한 일이다.

언제든 떠나고
언제든 돌아가려고

두바이국제공항에서 목이 말라 버둥대고 있었다. 자판기는 단위도 생소한 '디르함'을 원하고 있었고 몇 디르함을 얻자고 안주머니에 숨겨 둔 100달러를 지독한 공항 환율에 바꿀 수 없는 노릇이었다. 버스 정류장마저 에어컨을 달아두는 나라인데 고작 공항 음수대 하나 없다니. 자판기 앞을 서성이며 생각했다. 누군가 바닥에 흘린 동전이 있을지도 모르는데 살짝 엎드려볼까? 그래도 자존심이 있지. 화장실 물이라도 마셔야하나 고민하다 자판기 옆을 청소하는 청소부에게 슬쩍 말을 걸었다. "안녕하세요, 미안하지만 동전 있으면 초코바랑 바꾸지 않을래요? 제가 각 나라의 화폐를 모으고 있거든요." 회색 근무복을 입은 인도계 남자는 날 빤히 보더니 주머니에서 동전을 꺼내 자판기에 넣고 슥 사라졌다.

　"아니, 조금 전에 그런 일이 있었다니까." 그래서 내가 인도 사람을 좋아한다는 이야기를 했다. 두바이에서 인도 첸나이로 가는 비행기였다. 옆자리에 앉은 그는 나더러 무슨 일로 인도에 가느냐고 했다. "여행 중이지. 번 돈을 쓰면서." 자조적인 덧붙임에 남자가 물었다. "벌지는 않고?", "벌어서 여행하긴 하는데 들고나온 돈은 이미 다 떨어졌고, 이 항공권도 터키에서 번 돈으로 샀어. 터키까지 가는 건 스페인에서 벌고.", "와, 프리 워커네." 남자는 건배를 요청했다. 우린 방금 막 술을 시킨 참이다. 위스키를 요청했더니 승무원이 스피릿을 말했고 '오, 여기 사람들은 고급술을 영혼이라 일컫나. 낭만적이네.' 생각한 내게 아마 럼이나 보드카 종류뿐일 거라 덧붙여 준 남자와 말을 트게 되었다. "그래서, 비즈니스석을 탈만큼 번 거야?", "그럴 리가. 그 돈이면 인도에서 한 달 더 머물 수 있잖아. 좌석 업그레이드는 순전히 운이었어." 그는 다시 건배를 요청했다. "그럼 나랑 같이 일 한 번 하지 않을래?"

　남자는 크루즈 매니저였다. 듣자 하니 본인은 대형 크루즈에서 인력을 관리하는 사람이었다. 조리사, 청소부, 서버, 안전 요원, 하다못해 통역 보조까지. 대부분의 인력을 인도에서 공수하고 워킹홀리데이 비자를 받은 학생이나 여행자를 끌어들이기도 한다는 소리였다. 그 말이 거짓이 아니라면 여행자로서는 혹할 이야기가 분명하다. 일한다는 전제로도 나쁘지 않다. 선원에게도 응당 휴가가 있고 크루즈 여행을 할 수 있는 조건이며 숙식 제공은 당연하고 무엇보다 돈을 벌 수 있다. 남자의 말에 따르면 꽤 많은 돈을 번다. "그래서 얼마나 타는데?", "180일, 6개월."

온더락 잔을 둔 작은 테이블이 고용 협상 테이블로 바뀌었다. 남자가 제시한 조건은 나쁘지 않았다. 3개월 뒤 출항, 그래서 첸나이에 있는 자신의 집으로 돌아가 다음 출항까지 쉰다고 했다. 내가 3개월간 예정대로 인도 여행을 한 뒤 첸나이로 돌아오면 함께 스웨덴으로 가면 되는 일이었다. 단순했다. "그래서 어떤 인력으로 나를 스카웃할 셈이지?", "그건 네가 들고 있는 카드에 따라 다르지. 그러니 어서 말해봐." 다음 취항 노선까지 핸드폰으로 보여준 그가 다시 술잔을 들 때 적어도 6개월 동안 침대보를 갈러 스웨덴까지 가고 싶지는 않다는 생각이 들었다. 노트북을 꺼내 그에게 촬영한 사진들을 보여줬다. "아니, 이 사진 정말 마음에 드는데?" 그는 말했다.

크루즈는 내가 막연히 아는 정보와 달랐다. "크루즈의 손님은 보통 황혼기의 나이야. 알지? 핸드폰을 들어 대충 기록하거나 아무것도 남기지 않지. 물론 우리 쪽에도 사진을 찍어주는 사람이 있어. 회사에서 준 싸구려 카메라로 멋진 전경을 찍어

넘길 뿐인데 지금 네가 찍은 사진을 봐. 끝내줘. 크루즈는 쉬러 오는 사람들의 세계야. 근데 누군가 자신의 멋진 휴식을 완벽한 순간으로 남겨준다? 팁은 네가 쓸어 담을지도 몰라, 미안하지만 월급을 많이 주진 못하겠어." 너스레로 듣기에도 기쁜 말은 구구절절 쌓였다. "들어봐. 크루즈는 주요 도시에 2~3일 정박해. 손님들은 도시에서 명소를 여행하고 우리는 물자를 보충하지. 너는 짐을 나를 필요도 숫자를 관리할 필요도 없게 되는 거야. 너를 초대함으로써 우리 크루즈의 옵션이 퀄리티의 차이로 이어질 거라 생각해." 여행할 경비만 벌면 그만이었던 나는, 바로 이게 내가 원하는 여행과 돈벌이를 둘 다 잡을 수 있는 기회라는 그의 말에 동의할 수밖에 없었다. "네가 얻는 건 뭐지?" 경계심과 의심을 붙잡고 되묻는 내게 이해할 수 없다는 표정으로 그는 말했다. "돈이야."

그의 초대를 따라 그의 집으로 곧장 갔을 때, 난 그의 말이 거짓이 아니라는 걸 알 수 있었다. 시내 중심의 건물 하나가 그의 것이라서. "3층은 내 방이야. 4층은 손님방. 편하게 쓰면 돼." 거대한 배를 배경으로 찍은 사진 속 그의 모습은 깔끔한 제복이었다. 그와 다시 마주 앉아 위스키를 따르며 이야기는 이어졌다. "요청하면 적당한 사진사를 불러 배에 실을 수 있을 거야. 문제는 급여를 주고 사람을 써야 한다는 거지. 여기서 프로그램을 만드는 것과 이해가 상충하여 프로그램이 저절로 만들어지는 데에 차이가 있어. 그럼 너와 나는? 이해관계가 맞지. 난 저렴한 금액을 지급하고 너를 고용할 거야. 네 값어치를 낮게 잡는 게 아니라 없는 시스템을 만들어보려는 시도라고. 주급으로 2백 달러를 줄게. 객실과 식사는 직원용으로. 원한다면 선상에서 사진을 가르치는 수업도 열 수 있고 혹은 사진을 인화해서 팔 수도 있어. 돈을 버는 모든 방법은 네 자유야. 손님들의 심기를 거스르지 않으면서 말이지. 물론 팁도 다 네 것이야. 그 대신…", "그 대신?"

언제든 연락을 달라고 한 남자의 명함을 들고 인도를 여행했다. 그가 내게 바란 것은 항해가 끝났을 때 내가 크루즈에서 취할 수 있는 수익 구조를 전수해 달라는 것이었다. 어려운 일은 아니었다. 내가 평생 크루즈를 탈 것도 아니었으니까. 남자는 스웨덴까지의 티켓을 주겠다고도 했고 운항이 끝난 뒤 내가 가고 싶은 목적지로 향할 티켓도 주겠다고 했다. 다음 여정을 이어갈 수 있도록 말이다. 어쨌든 나쁠 게 없는 조건이라 크루즈에서 희희낙락 여유를 누리면 될 일이었지만 난 제안을 끝내 거절했다. 지금 이 순간이 누군가의 인생 말미를 보러 나온 게 아니었으니까. 그는 이해했고 출항을 위해 몇 달 뒤에 스웨덴으로 간다는 소식을 들었다. 우리의 마지막 통화였다.

남자는 내게 앞으로는 이렇게 종종 생기는 행운을 떳떳하게 상대해도 좋다고 말했다. "모두가 돈이 절대적이라고 믿지만, 절대적인 건 시간뿐이야. 그래서 사람들을 상대하려면 돈이 절대적이라고 믿게 만들어야 해. 자네가 사진을 찍는다는 것을 스웨덴행 비행기에서 말했다면 값을 올려쳐서라도 자넬 붙잡았을 거야. 하지만 자넨 시간을 선택했군. 언젠가 승선하고 싶다면 연락해. 고객으로도 좋고." 시간이 흘러 난 그의 명함을 잃어버렸다. 이것도 그가 말했던 내 삶에서의 운이라 부를 수 있는 형태가 아닐까 생각한다. 가끔 통화하고 싶은 건 배를 타고 싶어서도, 크루즈를 타고 싶어서도 아니다. 낭창하게 날 부르던 그의 구수한 인도 억양 영어가 난 좋았다. "헤이, 프리 워커스~." 그럼 당장 놀고 있더라도 언제든 돈을 끌어올 수 있는 사람으로 살 수 있는 기분이 됐으니까.

열정에도 값이 있다면

이제 갓 초등학생 티를 벗은 무렵의 어린 시절, 채팅으로 알게 된 고등학생 누나가 있었다. 그는 희곡을 쓰는 사람이라고 소개했는데 글에 관심이 많던 어린 시절이라 그게 참 대단해 보였었다. 활달한 성격이던 그는 서울에 오면 연락하라고, 내게 연락처를 남겼다.

시간이 흘러 흩어지는 기억들처럼 누나와의 대화도 서서히 잊혔다. 실은 온라인상에서의 빈말이야 스스럼없이 할 수 있었고 누나 또한 그러했겠지만, 따로 연락할 일도 없어 한참이나 시간이 흘러버린 뒤였다. 인생은 열심을 부리거나 혹은 아니더라도 이래저래 흘러가는 모양이었다. 한국 사람은 태어나 한 번쯤 서울에 가게 되지 않나. 성인이 된 내가 지방민의 설움을 잊으려는 듯 서울 이곳저곳의 문화생활을 탐닉하는 사이, 누나로부터 불현듯 연락이 왔다. 새해 복 많이 받으라고. 근 10년쯤 연락이 없던 차에, 느닷없는 새해 인사가. 그것도 벌써 2월이 되어가는 연락의 시점마저 황당했다. 내 번호가 저장되어 있다는 것은 물론이요, 번호가 바뀌지 않았다는 것 역시도.

그는 혜화에 있다고 했다. 저녁에 자신이 쓴 극의 초연을 하는데 문득 어렸을 적 희곡을 쓴다고 말해주었던 꼬마가 생각나더란다. 번호가 바뀌지 않았을 것으로 생각해서 문자를 보냈더니 곧장 전화를 거느냐고. 놀란 눈치였다. 전화를 끊고서 당장 마로니에 공원으로 달려갔다. 누나는 심드렁한 표정에 왈가닥 같은 면모를 가진 사람이었다. "우리 처음 보네." 인사도 담백했다. 우린 악수를 했다.

공연은 공원에서 했다. 게릴라처럼 곳곳에서 연달아 펼쳐지는 각 팀의 공연은 낭만적이었다. 겨울밤의 마로니에는 말도 안 되게 춥기도 했고. 배우들과 조명, 음향까지 줄줄 옮겨 다니며 공연을, 다음 공연을, 그리고 그다음. 공연은 밤 늦게까지 이어졌다. 카메라를 든 나는 무얼 할 수 있었을까. 헤드폰을 낀 채 집중하는 누나도 담고, 열연하는 배우들을 담았다. 돌아다니며 참 많은 사진을 찍었다. 게릴라 공연에 걸맞게 즉흥적으로 끼어든 사진사가 될 수 있었다.

공연이 전부 끝난 뒤의 희열은 이루 말할 수 없었다. 우렁차

게 환호하며 손뼉을 치는 관객과 지나가던 행인들의 발걸음을 붙잡는 일. 이게 연극이구나. 멋진 일이었다. 누나는 무리에서 대장 격으로 보였는데 무척 성공한 사람 같았다. 정리와 스케줄에 대한 공지를 짧게 하고서 뒤풀이 장소를 안내했다. "아, 이 친구는 제가 아는 동생인데. 마침 혜화에 있어서 와줬어요. 찍은 사진은 나중에 보내준대요." 관객들에게 박수를 받은 배우들이 내게 박수를 보냈다.

나는 그들에게 프로필 사진을 촬영해 주겠다는 제안을 했다. 연습 상대를 해줄 수도 없고, 소품을 구해줄 수도 없으니 내가 할 수 있는 일을 재능기부처럼 하겠다고 말했다. 제안에 응한 사람들이 와서 프로필을 찍었다. 그들의 표정은 놀라울 만큼 다채로웠다. 사람의 얼굴이 저렇게 많은 감정을 드러낼 수 있다는 걸 새삼 깨달을 정도로 말이다. 평소에 다른 사람들의 사진을 찍을 때면 지어보라고 했던 표정을, 굳이 요구하지 않더라도 차례대로 드러낼 수 있는 게 연극배우였다. "어떻게 그렇게 표정을 잘 짓죠?" 놀라움을 금치 못하던 내가 카메라를 잠시 내리고 말을 걸었을 때, 배우가 말했다. "감정을 자유자재로 꺼내는 게 연극배우니까요." 그러곤 거짓말처럼 다른 얼굴이 되었다.

촬영을 마치고 숨을 돌리고 있을 때 촬영한 모두가 내게 오더니 뭉칫돈을 내밀었다. 십시일반 걷은 게 분명해 보이는 20만 원이었다. 처음부터 재능기부라고 말했기에 손사래를 쳤더니 또 다른 배우가 울상이 되어 말했다. "많지는 않지만 받으세요." 그 표정에는 진정성이 가득했다. 그들에게 이 돈이 얼마나 귀한 돈일지 알고 있기 때문에 어렵게 받았다.

그런 내 옆으로 누나가 다가오자 난 곧장 투덜거렸다. 돈을 받지 않겠다고 미리 말했는데도 꼭 이렇게 된다고. 강제로 돈을 번 기분이 들어서 찜찜하다고 말했다. "이게 돈이 되지 않는다면 우리가 하는 연극도 돈이 될 수 없어." 누나는 잠자코 듣더니 내게 진실을 말해줬다. 맞는 말이었다. 꿈을 좇는 삶은 힘에 부친다. 살갑고 즐거운 무리에 머무르는 것도 돈이 든다. 연극은 공연이 끝나면 휘발되어 아무것도 남지 않는다. 순간만 존재하는 예술이다. 누구는 영화계로, 누구는 일반 회사원의 삶으로 갈 곳을 바꿀 수 있겠지만 그 외 대부분의 극단원, 배우와 작가에게 연극이 어떤 의미를 지니는지 난 알 수 없다. 그러나 꿈이 다소 설움더라도 포기할 수 없다는 걸 잘 안다. 돈이 드는 꿈이라는 건. 그리하여 그것은 가능하다면 일이 되길 바라고 또 바랐다. 그들은 스스로 외우는 주문같이 내게 돈을 줬다. 꿈을 지속할 힘을 갖기를 기도하면서.

그날 밤, 스무 명 남짓의 젊은 청춘이 김치찌개 집에서 먹고 마신 값은 고작 15만 원이었다. 모두 작은 냄비를 시켜 술만 진탕 마신 결과다. 나는 먼저 돌아가겠다고 가게를 나서며 몰래 나만의 관람료를 결제하고 나왔다.

연극배우들을 촬영했던 기억은 아직도 강렬하게 남아 있다. 누나는 여전히 희곡을 쓰며 몇 개의 희곡을 대형 극단에 팔았다고 했고, 거기서 만났던 형도 유명 극단에 들어가 평창 올림픽에서 모두에게 충격을 안겨준 인면조를 조종하는 역을 맡았다고 했다. 축하한다는 말을 건넸다. 비록 내가 촬영한 모두가 연극배우로서 살지는 않더라도, 이후 그들의 삶이 어떻게 흘러가고 있든지 그 순간만큼은 모두가 극을 하는 배우들이었다. 열정에도 값이 있다면 나는 그때 수중에 남은 5만 원이 내 삶에서 가장 고임금의 노동이었다고 이야기할 수 있다. 언젠가 그들의 새로운 프로필 사진을 찍어주고 싶다. 부디 연극으로 삶이 넉넉해져 사진값을 톡톡히 치르라고 말할 수 있을 날을 상상하며.

메일링 써-어비스

멋모르던 시절엔 글이 돈이 될 수 있을까 생각했다. 히말라야가 보이는 마을에서 글로 돈을 벌어보자고 처음으로 시도한게 엽서를 파는 일이었다. 그냥 빈 엽서는 아니고, 내가 여행하며 보고 느낀 하루를 엽서에 적어 신청한 사람들에게 띄우는 것이었다. 엽서 값과 우편비용을 이모저모 생각해 5천 원에 엽서를 배송하는 서비스를 했다. 지금 떠올려보니 엽서를 받으라고 주변 사람들에게 강매를 한 것이 아닌가 싶다.

글을 메일로 보내주는 서비스로 큰 반향을 일으킨 작가도 있었다. 구독할 사람들을 모집하고 이메일 주소를 받아 잘 정제된 글을 써서 일정 기간마다 보내주는 일이었다. 나는 그 모습을 보고 큰 충격을 받았다. 이메일을 사용하지 않은 지 오래라 생각조차 하지 않았던 일이다. 단순히 영수증을 받거나 업무용에 국한된 사용 빈도 탓에 메일의 본질을 잊고 있었다. 나도 따라 해보고 싶었다. 내 글은 과연 돈이 될까?

마침 나는 골머리를 앓고 있었다. 한 달 보일러 값이 25만 원이나 나와서 큰 위기에 처해 있었다. 외풍이 심하다고 해서 집에서 여행할 때처럼 침낭을 쓰게 될 줄은 꿈에도 몰랐다. 제주도의 LPG 가스값은 서울 도시가스의 다섯 배가 넘었다. 아무도 알려주지 않아서 난방을 펑펑 틀고 만 것이다. 그러나 어쩌겠나. 이미 쓴 것은 쓴 거고 생활비도 이미 꽤 나갔는데, 수중에 돈 한 푼 없어서 밥도 제대로 못 먹으면 안 된다는 생각이었다. 그리고 발견한 게 메일링 서비스. 그래, 나도 구독자를 모아 글을 써서 보내보자.

입소문으로 유명세를 탄 작가의 메일링 서비스를 따라 이미 같은 걸 시도하는 작가들이 많았다. 그리고 다들 알게 모르게 사라졌던 것 같다. 꾸준한 간격으로 오랜 기간 글을 쓴다는 건 쉽사리 볼 일이 아니다. 나 또한 글이 팔릴 것을 걱정하는 게 문제가 아니라 포기하지 않고 버틸 수 있을지를 걱정해야 했다. 그 작가의 글은 내가 읽어보아도 무척 뛰어나서, 수준을 판단하는 건 우습지만 내가 그에 미치지 못한다는 건 알 수 있었다. 나는 그가 했던 가격보다 낮게, 그가 보냈던 글보다 많이 쓰자고 생각했다. '메일링 써-어비스.' 아무래도 B급에 가깝게 책정된 서비스는 한 달에 5천 원. 매일 한 편. 주말은 휴무. 그렇게 결정했다. 주변 사람들은 응원의 마음으로 날 읽어준 것 같다.

　친구들과 술을 먹다가도 글을 쓰고 12시가 되기 전에는 무얼 하고 있었든 무조건 집으로 돌아가 메일을 발송했다. 무려 반년간 그런 생활이 이어져 오니 나더러 신데렐라라고 부르는 친구도 있었다. 5천 원의 힘은 놀라울 만큼 확실했다. 돈을 받는다는 건 어마어마한 책임감이 밀려오는 일이었다. 시간이 자정에 닿기 전에 글을 꽉 채워보내야 한다는 것, 재미와 독특한 시선, 흔하게 쓰는 표현을 미루고 참신한 표현을 고민하는 것, 흥미로운 나의 과거를 야금야금 갉아 먹으며 팔아치우다가 매일 비슷한 일상에서 글감을 찾아내 건져 올리는 것, 어느 사소한 무엇으로도 글을 만들 수 있는 짙은 생각들, 그리하여 글의 질을 끌어올리고 싶은 욕심.

　다행히 난 책임을 회피하는 사람이 아니었나 보다. 몇 안 되는 구독자에게도 벌벌 떨면서 뱉은 약속을 지키느라 분투하고 있던걸 보면 말이다. 독자들은 보통은 미루다가 한 번에 읽기도 했지만, 매일같이 내 글을 읽는 몇 명의 독자들이 있어서 마감의 공포를 매일 느꼈다. 그러다가 모 잡지사에서 연락이 왔다. 구독자를 모집하기 위해 촌스럽고 우스꽝스러운 사진을 그러모아 만든 온라인 포스터가 있었는데 나를 몰래 지켜본 한 에디터님이 '십만 원 문화상'이라는 코너의 아차상 후보로 추천했다는 말이었다. 여러 재미있는 수상 카테고리 중에서도 아차상이라니, 난 가슴 깊이 찌르르하게 들떴다. 작게나마 인정받았다는 느낌과 아차상이 주는 마이너한 감각이 완벽히 일치했다. 가스비를 못 내 시작한 일이 이렇게까지 번졌다. 이제 난 가스비를 밀리진 않지만, 나의 글이 밀렸던 가스비를 낼 만큼은 돈이 됐다.

그 시절 두려웠던 하루의 순환은 책을 내는 것으로 마무리되었다. 친구의 말을 빌리자면 어떤 컨디션에서도 일정 퀄리티를 내는 연습, 그리고 그것으로 값을 받는 것. 백 편이 넘게 만든 나의 글을 다시 살펴보니 축적된 곳간에서 꺼내 쓰다가, 더는 쓸 게 없어 꾸역꾸역 절망하는 시기를 거쳐, 그 어떤 무엇이든 붙잡고 글을 풀어내는 성장이 눈에 띄게 보였다. 턱없이 부족해 아직 연마할 곳도 곳곳에 남아 있었다.

꾸준히 붙잡고 하는 것. 세상에서 가장 어려운 일이라면 단연코 그게 아닐까. 난 싫어하는 일을 하지 못한다. 스스로가 파괴되는 꼴을 보는 게 나을 만큼 싫은 일을 붙잡고 있는 내가 싫다. 생계를 유지할 때 잠시 몸담는 일들을 꾸준히 지속할 수 없어서 돈 버는 노선을 틀었고 아직까진 이 방향대로 잘 가고 있다. 프리 워커는 좋아하는 생활을 위해 일한다. 몸에 잘 맞는 옷을 살펴 입듯이.

가족 같은 회사라더니

"어서 오세요! 우도 렌터카입니다!" 나는 손을 휘휘 저으며 소리를 질러댄다. 사람들이 흘깃 시선을 던지고 지나간다. 이 작은 섬에는 버스가 충분히 다니는데 2만 원이나 내고 전기차를 탈 사람이 있을까. 놀랍게도 정말 많다. 외국인들은 그저 신기해서 돈을 내고 한국인이라면 귓속말로 값을 내려야 한다. "만팔천 원, 만오천 원, 만 원." 끊임없이 사람을 붙들고 흥정한다.

우도는 소의 모양을 닮았다 하여 우도라고 불린다. 거처를 정하지 못하여 숙식이 제공되는 일자리를 먼저 찾다 보니 여기까지 왔다. 제주살이에 막연한 환상을 가진 다른 사람들처럼 아름다운 섬에서 일하며 당분간 살 수 있을 거라는 희망에 부풀어 입도했다. 사장 내외는 친절했고 동료들도 나쁘지 않았다. 처음 말했던 조건을 들어 보면 참 좋았다. 우도는 배 시간이 정해져 있어서 배가 들어올 때만 잠깐 소리를 지르며 호객하면 됐다. 면허증을 받고, 전기차 조작법을 알려주고, 문제가 생긴 곳은 트럭을 모는 직원이 가서 실어온다. 첫 배는 오전 9시, 마지막 배는 오후 5시. 아침에 일어나 밥을 먹고 8시에 전기차를 창고에서 빼내 부둣가에 도열하면 일할 준비가 끝난다.

일하는 것에 비해 급여는 꽤 좋았다. 숙식을 제공받으니 더더욱. 다만 쉬는 날은 배가 뜨지 않는 날뿐으로, 마지막 배가 떠나면 저녁에도 섬을 돌아다닐 수 있어 큰 문제는 없었다. 밤에는 책을 읽고 글을 썼다. 우도는 아름다웠고 척박했다.

며칠 지나지 않아 근무 조건이 알려진 것과 다름을 깨달았다. 우도 사람들은 페리 회사에 뒷돈을 줘서 공지된 배 시간을 늘렸다. 더불어 내 근무 시간도 늘었다. 예정된 시간보다 일찍 깨우더니 전기차를 꺼내 얼른 나가라고 보챘고, 태풍으로 배 진입이 어려운 날에도 어떻게든 배가 뜨게 만들었다. 한 치 앞도 보이지 않는 궂은 비바람에 나는 힘껏 손을 흔들었다. "전기차 타세요! 전기차! 비 피하면서 구경하세요!"

이게 맞는 것인가. "처음에 말씀하신 것보다 근무 시간이 너무 긴데요." 계산을 해보니 최저임금에도 미치지 않는 금액이었다. 아침 식사로 나온 된장국을 뜨다 말고 사장은 가시눈이 됐다. 인자한 톤으로 말하던 모습과는 다른 모습이었다. "아니, 먹여주고 재워주는데 일을 해야지. 그럼 놀고먹겠다는 말이야?" 어디서든 이런 일은 왕왕 있었다. "근로 시간이 법으로 정해져 있는데, 숙식이 제공된다 하더라도 합법적이어야죠. 초과수당이 있는 것도 아니잖아요." 사장 내외와 동료, 모두가 날 바라봤다. 이상한 생물을 봤다는 낯이었다. 다들 이렇게 살고 있었고 아무도 의심을 하지 않기로 약속한 섬. "우린 가족같이 지내니까 다들 유연하게 돕고 그러는 거지, 그렇게 빡빡하게 굴면 같이 일하기 어려워." 사장은 짐짓 무서운 태도로 말했다.

'가족같이.' 모두가 당장 도망치라고 말하는 마법 같은 표현으로 유명하다. 핏줄 하나 섞이지 않은 생판 남인 사람들이 말하는 가족은 허무맹랑하고 환상에 젖은 것이라 '나를 위해 헌신해라.' 그 이상 그 이하의 의미도 지니지 않는다. 돈벌이라는 건 궁극적으로 철저한 비즈니스 관계를 의미한다. 돈을 받고 노동하는 것. 이마만큼 단순한 약속을 자신은 지키지 않으리라 떠벌리는 것과 진배없다. 그래서 돈을 탐닉하는 사람은 감정을 호소한다.

다음 날부터 나는 근로 시간을 맞춰 일하기로 했다. "저기, 저 친구는 일하는 시간 맞춘다니까 아무도 깨우지 말고, 건드리지도 마!" 사장의 말은 비꼬는 투가 역력했다. 동료들 중에는 왜 분위기를 흐리냐고 말해오는 사람도 있던 걸 보아서는, 원래 이런 곳인데 모르고 왔냐는 식이었다. 어떻게 그게 당연하지? 오래 지나지 않아 우도에서 얻을 것이 하나 없음을 느끼고 다른 곳을 찾기로 했다. 쉬는 날은 딱 하루, 강한 태풍이 상륙해 나갈 엄두조차 안 나는 날뿐이었으니까.

그만두겠다고, 그간 일한 값을 치러달라고 말하자 사장은 얼굴이 굳더니 이런저런 계산을 했다. 숙박비, 그간 먹은 식비, 하루 빌린 오토바이 대여비 따위를 말이다. 사전에 알리지도 않았던 수습 기간까지 들먹이면서 줄 돈이 없다고 한다. 도대체 어디가 가족 같다는 건지. 내가 아는 가족과 그가 아는 가족은 다른 건가.

고용노동부에 연락할까 했지만, 3주 남짓한 기간을 잡고 늘어지기엔 이후의 고달픔이 더 크다. 사장은 저열하게도 숙박비와 식비를 터무니없는 값으로 셈했고 자기가 인정머리가 있어 이만큼 해주는 거라는 망발을 했다. 10만 원. 그가 책정한 내 노동의 가치였다.

서글픈 것은 그 돈을 받아 나와야 하는 내 처지였다. 당장 돈이 없었기 때문이고 그렇기에 더더욱 받지 않기로 마음먹었다. 차라리 친구들에게 돈을 빌리고 말자는 생각이었다. 짐을 싸고 배를 타러 나가는 길에 호객행위 하는 직원들이 보였다. "우도 렌터카! 여기가 제일 쌉니다!" 저들은 서로를 가족이라 믿을까. 가족에서 탈출한 내가 가족이라는 허튼 말을 믿을 성싶나.

배를 타고 멀어지는 소리와 풍경을 보며 고립된 섬에 갇힌 사람들이 점점 안쓰러워졌다. 일하는 직원들은 그걸로 된 걸까. 과연 만족했을까. 나는 영영 모를 거다.

집에 쉬었다 가세요

마드리드에서 돈이 다 떨어졌다. 일을 구해야 한다는 의미였다. 일을 구할 때 나의 조건은 '할 수 있는가', '해 본 적 있는가', '해도 되는가' 세 가지다. 그중 마지막으로 '해도 되는가'는 현재 나의 상태가 이 일을 선택하여 당분간 귀속되는 걸 스스로 허락할 것인가로 지극히 자기중심적인 조건이다. 그리고 제일 중요한 조건이다. 다행히 마드리드는 내 마음에 쏙 드는 곳이었다. 일을 구할 선택권은 내게 있었다. 보수를 따지면 일은 고역이 된다. 그럼 즐거울 일에 보수를 협의하는 편이 낫지 않은가. 이상적이긴 한데 세상은 녹록지 않다. 그럼 옵션을 이끌어내야지.

마드리드의 한인 민박에서 사람을 구하고 있었다. 숙식제공을 이유로 급여를 주지 않는 한인 민박들이 않았는데, 다행히 잘

갖춰진 곳이었다. 사장님을 만났다. 사장님은 스페인으로 유학 온 학생으로, 나중에 알게 되었는데 집안 형편이 꽤 좋은 모양이었다. 다만 타향살이는 그에게 외로웠고 그것 때문에 호스텔을 열었다고 했다. 으레 불법으로 운영되는 민박집과 다르게 사장님은 정식 절차를 밟아 등록증과 허가를 받은 숙박업을 운영하는 중이었다. 집안에서 지원을 받기에 돈이 문제는 아니었고, 용돈 벌이나 하면서 한국 사람들을 종종 만나는 게 좋아서라고도. 그러나 학생이라 본분을 위해선 운영할 사람이 필요했다. 짧게 있다 떠나는 여행자들이 대부분이라 오래 일할 매니저가 있으면 좋겠다고 그는 넌지시 말했다.

사장님에게 내가 내민 조건은 다음과 같다. 급여는 그대로 하되 예약과 운영 전반 모두를 홀로 담당하겠다. 사장님이 신경 쓸 것 하나도 없이. 대신 나중에 다른 나라로 떠날 항공권을 마련해 달라. 유료 서비스인 세탁과 교통 예약 수수료로 받는 팁은 내가 갖겠다. 나머지 수익은 전부 가져가시면 된다. 주 6일을 내가 일하고 사장님은 하루만 맡아주시라. 순조로웠다. 내 노동은 숙박비로 치환되었고 집안일이야 한두 시간이면 끝이었으니 불만은 없었다.

몇 번이고 해보았음에도 사람을 맞는 일은 어렵다. 나 역시 여행자이기에 다른 호스텔에 가게 될 때면 사람에 질려버려 지루한 표정이 된 스텝들을 많이 봐왔다. 이렇듯 사람을 만날 때

소모하는 에너지는 엄청나다. 그러나 사람을 만나는 일이 무엇보다 기본인 여행자가 사람에 질려버리면 여행마저 질려버리게 되지 않을까. 그래서 호스텔을 운영한다는 건 대단한 각오가 요구되는 일이다. 마음이 충만한 상태여야만 가능한 일도 있는 법인데, 이 일이 그렇다. 그리고 그때의 나는 충만했다.

　나의 일과는 이렇게 흘러 갔다. 아침에 일어나 아침 식사를 준비하고, 숙박객들이 관광하러 나가면 침구 정리와 화장실 청소를 한다. 그리고서 시장으로 간다. 친하게 지내는 정육점 아저씨에게 고기를 사고 바로 옆 채소 가게에서는 신선한 대파와 마늘을 골라 담는다. 집으로 돌아와 예약된 일정을 확인한다. 나의 자유시간은 가장 더운 오후 한때여서 드러누워 쉬거나 미술관에 다녀온다. 그런 다음 저녁이 오기 전에 요리를 시작한다.

　한인 민박에서는 한국 음식을 제공하는 불문율이 있다. 엄마가 만들어준 듯 푸짐한 반찬과 함께 된장국을 끓인다. 민박집은 한인회를 방불케 할 만큼 무던히 한국적이다. 숙박객 중엔 꼭 누구 하나가 소주를 가져와 다 함께 나눠 먹고 기분이 내키면 라면이라도 끓여서 내놓기도 했다. 한식이 그리운 투숙객들을 위해 음식은 최대한 맵게 한다. 모두가 잠든 뒤에는 다음 날 아침 식사를 얼추 준비해 놓고 잠자리에 든다. 난 어디서나 기회만 닿으면 그런 생활을 했다.

　사장님도 시간적으로 여유로워진 삶에 대해 만족했다. 그는 종종 모두가 잠이 든 밤이면 집 아래 선술집에 나를 불러내 술과 안주를 먹였다. 처음으로 사장님과 단둘이 술을 마시게 된 날이 기억에 남는다. 일을 시작할 때는 돈을 생각했지만 이젠 삶의 문제였다. 길어야 2주쯤 있다 떠나는 스텝들과 달리 나는 무비자로 체류가 가능한 6개월 동안 마드리드에서만 채우고 떠날 셈이었으니까. "숙소를 운영한다는 게 꽤 힘들 텐데 뭐가 제일 좋아요?" 손님들의 질문에 나는 골똘히 생각했다.

글을 쓰거나 사진을 팔거나 하는 나의 작은 부수입마저 차곡차곡 쌓기 위해 내게 필요한 시간을 버는 일로는 숙소 운영이 최고였다. 집을 내어준다는 건 내 생활을 떼어 남의 생활을 돌봐준다는 것이다. 그래서 재미있었다. 손님 대부분은 돈을 지불한다고 자신의 생활을 모조리 여기다 갖다둔다고 여기지 않았다. 고마운 일이다. 그래서 나는 가본 맛집을 알려주고, 가볼 만한 전시를 알려주고, 마감 한 시간 전에는 모든 관광지의 입장료가 무료라는 정보들을 건네면서 자신들에게 취해진 이득이 내 덕분이라 느끼게 할 수 있었다. 즐거움의 원인이 되는 존재란 얼마나 기쁜가.

어떻게 늘 좋은 일만 있을까. 집을 양껏 어지럽히는 사람, 새벽 3시에 문을 두드리는 사람, 라면을 훔치는 사람까지. 어찌 대처해야 올바른 것일까 고민하는 순간도 제법 있었다. 나는 숙소를 운영하는 사람이라 개인의 도덕과 교육까지 맡을 수는 없으니 그냥 참고 넘기는 일쯤 까짓것 하리라고. 그리고 내가 떠올린 수많은 순간이 사라지고 남은 것은 주방에 앉아 있는 시간이었다.

"곰탕을 끓이는 시간이 가장 좋았어요." 사람을 상대하는 갈수록 지치지만, 요리와 청소는 내가 좋아하는 일에 속한다. 다른 것은 아무것도 하지 않고 거기 온전히 집중해야만 하는 일은 잡념을 떨치게 한다. 꼭 하나를 꼽자면 곰탕을 끓이며 주방 의자에 앉아 가만히 책을 읽는 시간이 기억에 가장 남는다. 하루 간 소모된 감정이 책을 읽다 중간중간 뜬 기름을 걷어내며 회복된다. 눌어붙지 않게 잘 저어주던 곰탕이 어찌나 맛이 좋았는지 일평생 나보다 훨씬 많은 식사를 담당했을 어떤 어머니까지 엄지를 들어주었다. 그래, 잘 먹이고 편히 재우는 일이 난 좋았다.

돈은 일방적일지라도 감정은 교차하는 것이다. 꼭 돈을 벌자고 하는 일이 아니라도 말이다. 사람의 관계는 그만큼 계산이 어려웠다. 그건 언어를 못해서 내게 부탁할 수도, 퀄리티 있는 추억 사진을 남기고 싶어서 부탁하는 관계라 그럴 수도 있었다. 모처럼 가져온 한식을 머나먼 타지에서 그리워할지도 모른다는 안쓰러움으로 내게 주고 가던 수많은 음식도 다를 바 없었다. 사장님은 내게 말했다. 손님 방의 문을 두드린 뒤 안쪽이 안 보이게 비켜서는 내 모습을 보고 일을 맡기로 결정했다고. 선술집에서 포켓볼을 치다 그 말을 듣곤 삐끗하고 말았다. 난 내 제안이

합리적이기 때문이라고 여태 믿고 있었다.

생판 모르는 누군가에게 쓰임이 되는 계기는 내가 알 수 없게 이루어지는 일이 더 많다. 사회생활을 시작하는 성인 대 성인으로, 서로가 살아온 몇십 년의 인생이 어떤지 모를뿐더러 상대가 뭘 원하는지 단박에 알 수 있을까? 짐작이 우리의 전부라면, 우리는 뭐라도 능수능란한 척을 해야만 한다. 그렇게 원하는 것을 얻었을 때, 다만 내가 모르는 아주 엉뚱한 이유로 원하는 것을 얻었더라도 그건 본인이 실행한 능력이라고 생각하면 좋다. 그 능력은 계산이나 학력, 기술과 달리 보통 경험과 직관에서 우러나온 태도에 가깝다. 보여야 하는 것이 기술이라면 태도는 유지되어야 한다. 삶을 이렇게 살아보고자 결심했다면, 내 집을 누군가에게 맡기고자 한다면 어떤 사람이 좋을지를. 떠나는 날 건네받은 항공권 안에는 약속한 금액보다 많은 지폐와 고맙다는 짧은 편지가 들어 있었다.

사하라 사막에서
핸드폰을 찍다

인도에서 만난 동생은 열심히 준비하여 대기업에 취직했다. 5년쯤 흘렀을까, 종종 안부 겸 닿는 연락에서 내게 인사 대신 제안을 했다. "박하, 이번에 일 하나 같이 할래요?" 홍보부에 있는 그가 맡은 프로젝트에서 생각난 게 나뿐이라면서 한 말이었다. 무척 고마운 말이었지만 내가 대기업을 상대로 잘 할 수 있을까? "잘 할 거야. 내가 알아." 그는 단호하게 말하곤 통화를 끊은 뒤 곧바로 메일을 보내왔다. 계약서였다.

일이란 새로 출시할 핸드폰의 홍보 사진이었다. 해외로 여행을 떠나 핸드폰으로 사진과 영상을 찍고, 거기에 짧은 여행기까지 곁들이는 일이었다. 일종의 바이럴 마케팅이라 말할 수 있는데 그때는 그런 개념이 확립되지 않은 시절이었다. 물론 내겐 더

할나위 없는 일이었다. 돈을 버는 김에 여행까지 갈 수 있다니 꿈꾸던 삶을 누릴 기회였다. 촬영 장소는 베트남, 인도, 모로코, 승낙하지 않을 이유는 없었다.

우린 서대문에서 오래간만에 만나 미팅을 했다. 카메라 조작법과 사용법을 숙지하고 혹시 모를 파손에 대비해 여분을 챙겨줬다. "그래서 저희가 산정한 금액은." 가장 중요한 대목이 왔다. 대기업의 품이란 과연 얼마만큼 너른 것일까. 듣기로는 프리랜서들에게 종종 떨어지는 단비와 같은 은혜라던데. 나 같은 조무래기에게 얼마나 큰 비용을 주겠느냐만 그런 말까지 들었으니 내심 기대를 안 할 수 없는 노릇이다.

나는 문을 나서며 동생에게 포옹을 신청했다. "고맙다. 정말 고마워." 깔깔깔 웃는 동생과 농담처럼 인사를 하며 헤어졌다. 계약서에는 착수금과 잔금, 인센티브가 있었다. 산정 금액을 정확히 말하기는 어렵지만 모든 숙박 비용이 호텔로 잡혀 있었다면 가늠이 될까. 비행기와 이동 수단을 스스로 잡아야 하는 게 흠이었는데 그게 뭐 대수랴. 나는 여행자다. "혹시 경비를 아끼면 어떻게 되는 거야?", "뭘 그런 걸 물어. 남으면 남는 대로 갖는 거지. 근데 여유롭게 책정된 금액은 아닐 텐데?" 나를 기준으로 보자면 여유로운 게 맞다. 호텔이 아니라 허름한 도미토리에서 잘 셈이니까. 내 생각을 읽은 건지 그는 다시 말했다. "기회잖아. 이번엔 좀 누려. 밥도 맛있는 걸로 잘 먹고."

촬영은 순조롭게 이뤄졌다. 돈도 써 본 사람이 안다고 나는 고작해야 도미토리가 아니라 작은 싱글 룸을 잡는 것을 호사라 생각했다. 거기다 시장과 길거리 노점에서 가격을 신경 쓰지 않아도 되는 것을, 관광지의 입장료를 아까워하지 않는 것을, 흙먼지를 죄다 뒤집어쓰게 하는 오토바이 릭샤가 아니라 무려 택시를 탈 수 있는 것에 대하여. 에어컨 바람이 시원한 기차 이등석에 누워 일하는 여행에 대해 생각했다.

돈은 내 삶에 어떤 의미를 지니는가. 자유로울 수 없지만 지배당하고 싶지 않은 것. 물론 여유를 부릴 때마다 조금씩 달라지는 편안과 편리를 느낀다. 불편은 싸다. 마음이 휘둥그레질 정도의 돈이 경비로 생겼으니 유해진다. 정말 여유는 지갑에서 나오는 지도 모른다. 여유가 그렇게나 값싼 것이었던가. 여태 나는 필요와 불편의 상관관계를 조율하며 내게 꼭 맞는 옷을 입은 것처럼 때때로 돈을 벌었다. 이 기회는 그런 내게 휴식 같은 것이라 생각하기로 했다.

모로코에 도착한 나는 주요 도시를 거쳐 사하라 사막에 가기로 마음 먹었다. 마감 일정은 빠듯했지만 가능한 많은 구역을 관광객처럼 다니며 멋진 사진들을 보내줄 셈이었다. 맡길 때의 믿음만큼 큰 결과를 보내고 싶었다. 그리고 담당자는 나의 친구인 만큼 결과가 나빴을 때 끼칠 피해를 하나도 만들고 싶지 않았다. 낙타를 타고 사하라의 캠프에 도달해 핸드폰을 사막에 꽂았다.

이미 사람들에겐 왜 홍보를 하지 않느냐 놀림을 받는 모델. 그래서 그런 모습을 부각시키기 위해 최선을 다했다. 마음이 통했는지 나의 사진과 글은 마케팅부를 만족시킬 수 있었다.

마케팅부에 남은 돈으로 여행을 더 할 수 있겠냐고 조심스레 물었다. 이왕 여기까지 온 김에 산티아고를 걸어야지, 그래서 아름다운 풍광까지 추가로 더 찍어 보내줘야지. 고마운 마음이 되어서 말이다. 회사는 나의 결정을 환영했다. 추가로 찍힌 사진은 그 쪽에서 쓸 만한 것을 골라 장당 얼마로 계산하여 값을 치르겠다고 했다. 난 받지 않겠다고 했으나 동생은 "받을 수 있을 때 받아."라며 응수했다.

세월이 흘러 그가 결혼식 청첩장을 보내왔다. 갚을 기회가 왔다며 좋아하다 문득 궁금해졌다. 그때 왜 나한테 그런 기회를 줬는지. 서글프게도 내가 촬영했던 핸드폰은 시장에서 흥행하지 못해 사업부가 철수하고 말았다. 내 탓은 아니었지만 찜찜한 마음이 못내 있었다.

그녀는 인도에서 나와 헤어질 때를 기억한다고 했다. 축제 기간이었고, 살갑게 지내던 모든 친구가 축제를 보겠다며 놀러 나간 날이었다. 떠나는 날을 미리 말해뒀지만 마중 나온 사람은 나와 다른 누나까지 고작 둘뿐이었다. 도시의 먼 대로까지 배낭을 들어주고 흥정까지 다 해주며 조심히 가라는 인사를 해준 게 고마웠다고 했다. 고마움은 고마움으로 갚을 수 있다. 돈보다 훨씬 귀한 마음이다.

3달러 파스타

칠레의 푼타아레나스라는 작은 어촌마을의 겨울은 차갑고 황량했다. 이곳은 남미의 가장 끝 모서리에 근접한 마을로, 남극으로 가는 사람들의 전초기지로 쓰였다. 남극에 들어갈 방법을 알아보았지만 터무니없는 가격의 경비행기를 타고 두 시간 남짓 구경하다 오는 게 전부였다. 비행깃값과 두 시간의 가치를 계산하다가 관둬버렸다. 그냥 멀리 보이는 설산과 차가운 호수를 거닐며 마을에 머물기로 한 것이다.

동네는 무척 휑한 분위기였다. 땅끝의 사람들은 어찌 된 일인지 문을 꼭꼭 걸어 잠그고 돌아다니지 않았다. 사람이 없었기 때문에 더 황량해 보였던 것도 같다. 마을의 분위기에 맞추어 여행자들도 은신한 듯 숨어다녔다. 종종 박스에 목적지를 적어 히

치하이크하는 여행자들이 있었지만 그게 전부였다. 그래도 내가 잡은 숙소는 밤이 되면 세계 각국에서 온 여행자들이 꽉 들어찼다. 아마도 가장 저렴해서가 아니었을까. 볼 것도 딱히 없는 동네에서 어중간하게 비싼 숙소를 잡을 이유는 없으니, 도시는 기껏해야 이삼일 있다가 떠나는 환승지로 쓰이곤 했다.

아침에는 지난밤의 한기를 녹이려 거실에 있는 연통 앞으로 옹기종기 모여 있는 게 우리의 일이었다. 불을 때고 장작 타는 소리를 듣느라 고양이를 만지기 게을러 하다간 야옹야옹 성화를 듣는 숙소였다. 거기서 매일 아침 금발머리의 여자 한 명을 보았는데 생김새가 어렸고 나처럼 오래 머무르는 것 같아 눈인사하는 사이가 됐다. 그를 다시 만난 건 저녁의 주방이었다. 한숨 소리가 거실까지 들려오길래 가보았는데 스파게티 면이 눌어붙은 냄비를 물에 불려두고 마침 밥을 먹을 참이었나보다. 그를 바라보니 토마토소스 통조림을 뜯어 삶은 면 위에 그대로 붓는 게 아닌가. 그리고는 한껏 죽상이 되어 다시 한숨을 쉬었다. 한 입을 먹고 한숨, 다시 한 입을 먹고 한숨.

"무슨 일 있어?" 연통 곁에서 주방을 바라보며 물었다. "괜찮아, 아무 문제 없어." 들어달라는 듯 내쉬는 한숨을 더 들어주기 어려워 나는 주방 문턱에 가서 섰다. "자, 말해봐. 도대체 무슨 일인데." 계속 물어보는 이유가 무엇이냐는 표정으로 그는 자신이 잘못한 게 있는지 물었다. 나는 대꾸 없이 한숨 쉬던 장면을

51

재연했다. 어깨를 으쓱하니 그가 말했다. "저기, 너는 여기서 뭘 먹어?"

중심가의 큰 마트에서는 먹음직스레 구워진 통닭이나 접시에 한 끼 식사가 될만한 밥 메뉴를 팔았다. 그러나 여행자에게는 매일 먹기에 벅찬 값이었다. 성인이 되어 혼자 첫 여행을 나왔는데 돈은 쓰기 싫고 요리는 전혀 몰라 이렇게 대충 연명하고 있다는 것이었다. 먹는 일은 중요하다. 우리가 돈을 버는 이유도 다 먹고 살자고 하는 일이니까. 당장 그의 행동에서 알 수 있었다. 요리에 익숙하지 않은 사람이 얼마나 어리석은 음식을 먹게 되는가 말이다.

인도에서 오래 머물 적에 영국에서 온 여행자가 호스텔 숙소 주방에서 파스타를 팔았던 게 떠올랐다. 이왕 만들 요리인데 잔뜩 만들어 같은 숙소에 머무는, 지갑이 가벼운 여행자들에게 만들어 팔면 어떨까 생각한 것 같았다. 애석하게도 그의 장사는 잘 안 되었다. 영국 음식은 맛이 없다는 지론 탓에 하필 그가 영국 사람이어서 그럴지도 모르고, 아무리 싸게 판들 인도의 물가가 더욱 싼 이유일 수도 있다. 결국, 그는 매일같이 눈물을 머금고 잔뜩 남은 파스타를 혼자 먹었다. 음식물 쓰레기를 왕창 만들고 싶지는 않은 모양이었다. 하루는 또 남아버린 파스타를 그냥 먹지 않겠냐며 권하기에 나는 맛을 보기로 했다. 정말 무섭도록 맛없는 파스타였다. 면은 탱탱 불었고, 토마토소스는 따로 노는 데다가 니 맛도 내 맛도 아닌 밍밍함만 있었다. 무슨 자신감으로 장사를 하자고 생각한 걸까. 그의 마음을 모르는 건 아니다. 여행하면서 돈을 아끼기 위해 뭐든 할 수 있는 게 장기 여행자의 속성이라면 그는 누구보다 무던히 열심을 부리고 있었다.

간과한 것이라면 다른 숙박객 역시 여행자였다는 사실이다. 장사가 어느 정도 되었다면 그의 여행은 조금 더 여유를 가졌을 텐데, 그는 오직 자신에게 유리하게끔 모든 요소를 설정했다. 장사하려거든 시장 조사가 필수다. 파스타가 모든 사람의 입맛에 맞을지를 떠나 일단 잘 만들고 볼 일이 아닌가. 가격이라도 싸거나 말이다. 그러나 울상이 된 그 앞에서 '이딴 걸 요리라고!' 쏘아붙일 매정함은 내게 없었다. 그냥 오늘 한 끼 고역인 음식을 먹었다고 생각하기로 했다. 딱 한 번의 고통스러운 저녁 덕에 난 여기 있는 여행자들을 상대로 돈을 벌 수 있지 않을까 생각했다.

울상인 여자에게 나는 밥을 만들어주겠노라고 했다. 어차피 저렴한 식당이나 길거리 음식도 보이지 않는 도시에서 여행자가 먹을만한 건 없었으니까. 가격이 걱정이라면 마트에서 사서 먹는 것보다 싸게 팔 테니 먹겠느냐고 물었다. 그는 고개를 끄덕였다.

내가 밥을 만들어 먹지 않고 대충 컵라면을 먹던 이유는 식재료라는 게 본디 한 사람의 기준에 많았기 때문이었다. 그러나 먹을 사람이 생긴다면 훨씬 싼 가격으로 더 괜찮은 식사를 할 수 있었다. 나도 그와 다를 바 없는 여행자니 말이다. 숙박객은 대부분 서구권의 사람들이었다. 그들에게 익숙한 식단인 동시에 여러 명이 먹기 좋은 메뉴로 파스타가 떠올랐다. 햄버거는 패티가 식으면 맛이 없고 샌드위치는 개별로 만들기엔 손이 많이 간다. 그렇다면 가격은 얼마로 해야 할까. 숙소 주인은 인자하여 어차피 만들어 먹는 주방이 무료인데 뭘 만들든, 만들어 팔든 나의 자유라고 말했다. 주방을 해결했지만, 어느 하나라도 메리트가 떨어지면 인도에서 만났던 영국인처럼 손실은 내 몫이 될 것이다. 마트의 음식은 7달러 수준이었으니 나는 3달러를 받기로 했다. 들어가는 재료에 따라 원가는 올라갈 수도 있겠지만 가격이 낮아야 주머니 사정이 안 좋은 여행자들을 끌어들일 수 있을 것이었다. 그리고 파스타에 들어갈 식재료의 값은 턱없이 낮았다.

시험 삼아 그가 먹던 재료로 파스타를 만들어 먹여보았다. "3달러 어때?" 그는 만족했다. 자신이 팬을 태우는 것보다야 훨씬 낫다고 말했다. 물론 맛도 훨씬 좋다면서 말이다. 그렇게 난 장사를 시작했다. 면을 삶아 올리브유에 살짝 버무려 두고 소스를 따로 끓여둔 뒤, 냄새를 맡고 먹겠다는 사람들이 오면 적당한 양을 덜어 따로 볶아냈다. 5인분, 10인분, 그리고 15인분. 냄비가 비어서 정작 난 컵라면을 먹기도 했다. 내게 특별한 장사 수완이 있던 건 아니었다. 그냥 손해를 보지 않고 얼마쯤 남기면 되지 않을까 생각했을 뿐인데 식당 수준도 아닌 직접 만든 파스타가 이렇게 잘 팔리다니.

　매번 같은 재료를 쓰진 않았다. 펜네, 스파게티, 페투치네 등 사람들이 질리지 않도록 매일 면을 다르게 쓰고 크림파스타, 토마토파스타, 바질페스토, 달걀노른자만 넣은 카르보나라까지. 그렇다 보니 그는 아침 일찍부터 오늘의 메뉴가 무엇이냐고 다 그쳤다. 부족한 내 요리를 즐겁게 먹는 사람들의 표정, 그 기분은 형용할 수 없다.

　한 달 정도 머물며 파스타로 50만 원가량의 수익을 냈다. 소일거리치고는 벌 만큼 번 셈이다. 어느 날 스웨덴에서 온 여행자가 내 파스타를 먹곤 당장 가격을 올리라고 했다. 이 음식이 3달러 취급을 받을 이유는 하나도 없으니 5달러로 올려 수익을 챙기라면서. 나는 거절했다. "엄청 좋은 파스타는 아니지만 5달러로 값어치를 올려줘서 고마워. 그런데 나는 3달러도 아쉬운 사람들이 있을까 걱정이야. 너도 그리고 나도 여행자잖아." 타인이 만들어준 음식은 조금 비싼 듯 보이는 게 세상의 순리였다. 비싼 재료를 파스타에 넣더라도 내가 가져갈 돈이 좀 줄어들 뿐 수익은 있었으니까. 나의 파스타가 10달러까진 아니겠지만 마음만으로도 고마운 말이었다.

　푼타아레나스를 떠나기 전날 밤, 내가 떠나는 걸 아쉬워하는 금발 친구에게 파스타 조리법을 알려줬다. 그는 고맙다고 말하며 파스타가 잘팔려서 내가 가격을 올릴까 봐 마음을 졸였다고 한다. 스웨덴 여행자의 말처럼 그만한 값어치가 있다는 말에는 동의했지만 자기가 가난한 여행을 하는 사람이라 미안하다면서. 난 괜찮다고, 그 마음을 절절히 이해한다고 했다. 가격을 올리지 않은 건 다행이었다. 한 푼이 아쉬운 사람을 위해 시작한 요리니까. 난 장사꾼이 아니라 여행자니까 말이다.

나를 향한 열띤 응원

사람이 사람다워야 한다는 건 당연한 일인데도 사람다움에 감동하다니 새삼스럽다. 가게를 접는 사장님과 마지막으로 식사를 하면서 내심 서글펐지만, 돌이켜보니 그때가 가장 호시절이었다.

제주 모슬포 근처엔 일자리라곤 눈을 씻고 보아도 찾을 수 없었다. 잠시 지나치는 관광객을 대상으로 한 식당들도 이미 능숙한 직원을 두고 있었다. 그맘땐 굳이 정한다면 요식업을 해보고 싶다는 생각을 했다. 음식이라는 연료를 요구하는 육체는 지겨웠고 그래서 요리를 할 줄 안다는 게 고결한 행위로 보였다. 그중 혀를 만족하게 하기 위해 사람은 여러 요리를 탄생시켜왔으니 할 줄 아는 요리가 많으면 많을수록 사는 데 유리하지 않을까.

아는 형의 연락을 받았다. 형의 주변 사람 중 누군가 식당 직원을 구한다는 소식에 떠밀려 찾은 햄버거 가게는 우아하고 평화로웠다. 마당과 정원이 있고 흰 천이 흩날리는 가게. 마음에 쏙 들었다. 햄버거는 전 세계 어디에서나 불호가 적은 음식이라, 배워두면 써먹기도 좋다.

사장님은 아주 조용한 스타일이었다. 혼자서 가게를 운영하다가 힘에 부쳐 사람을 구한다고 했더니, 이렇게 빨리 올 줄은 몰랐다고 말했다. 난 가게가 마음에 쏙 든다는 말을 먼저 했다. 일하지 않게 되더라도 꼭 와 볼 것 같다고, 빈말이 아님을 당부했던 것 같다. 내가 요식업에 제대로 종사한 경험은 전혀 없었지만, 사장님과 나의 성격은 그 짧은 시간 느낀 바, 참 닮았다. 깔끔하고 군더더기 없는 몸짓이라던가 손님을 대하는 태도가 그랬다. 마음에 드는 요소가 몸부림쳐서 '일하지 않아도 상관없는'이 '일하고 싶은'으로 삽시간에 바뀌었다. "여기서 함께 일하게 해주세요, 사장님."

아침에 출근하면 번을 굽는다. 밀가루에 버터와 나는 잘 모르는 이것저것을 넣고 발효를 한 뒤, 오븐에 구우면 먹음직스러운 브리오슈 번이 완성된다. 빵이 구워지는 동안에 하루 치 패티를 만들어 둔다. 양파를 썰어 카라멜라이즈드 어니언을, 감자튀김에 얹을 칠리 치즈를 만든다. 장사 시간은 딱 네 시간이었다.

준비와 정리를 합치면 여덟 시간. 난 사람을 상대하는 것보다 준비하는 시간이 좋았다. 둘이서 이런저런 이야기를 하면서 재료를 준비하는 시간이 평화롭게 느껴졌다.

사장님은 번번이 나를 챙겼다. 출근 전에 아침 식사를 하러 갈 때도 있었고, 비바람으로 인해 영 손님이 없으면 일찍 장사를 접기도 했다. 글을 쓰라고 했다. 이렇게 쉬엄쉬엄 일해도 괜찮을까? 내 삶의 지향점은 이런 것인데 지향하는 여유를 충족하면 매출이 궁했다. 돈의 속성은 그렇다. 바빠야 돈이 생기고 적당히 바쁘길 바라는 건 환상에 가깝다.

햄버거집에서 일하는 나를 찾아 가게에 오는 친구들이 가끔 있었다. 먹음직스럽게 햄버거를 만들어 내어주고 나면, 누구든 내게 말을 건넸다. "좋아 보여." 좋아 보인다는 말은 사람을 부지불식간에 행복에 젖게 만든다. "응, 정말 좋아." 나는 그곳에서 일할 때 곧바로 대답할 수 있었다.

가끔은 남은 패티와 빵으로 햄버거를 만들어 동네 친구들에게 선물처럼 가져다줬다. 일하고 돈을 벌며 일상을 누리는 게 내게는 선물이었으니까. 이웃을 만나 술을 한잔하기도 하고 언제나 글을 썼다. 잘 쓰진 않더라도 하지 않으면 못 견딜 시간을 영위할 수 있다는 게 가장 큰 성공이었으니. 이런 경우 돈을 많이 챙기는 다른 일보다 몇 곱절 평화에 이르건대, 삶은 더없이 풍요로워진다.

햄버거집에서 일했던 시간은 내게 응원 같았다. 배고픈 사람들을 먹이는 일과 하고 싶은 걸 하는 시간, 약간의 피로로 고단에 이르는 밤까지. 늘 잘 하고 있다고 말해주는 사람과 함께 일한다는 건, 정말 잘 하고 있는 건지 가늠하기 어렵게 만들어 자만에 휘청이게 만든다. 난 더 잘 하고 싶었다. 내가 얻은 건강한 응원에 맞춰 칭찬에 익숙해지지 않으려고 노력하는 마음이 점점 자란 덕에 더 잘 하려고 애쓸 수 있었다.

내게 좋은 직장이 내게만 좋은 직장이라면 가게를 운영하는 처지에서는 턱없이 부족할 거란 걸 느꼈다. 그도 그럴 게 나의 월급은 가게 매상에서 제법 많은 금액을 차지하고 있었으니, 내가 다른 곳으로 떠날 결정을 속 시원히 내릴 수 있던 건 정말 그 시간이 좋았기 때문이리라.

짧지도 길지도 않은 시간 동안 함께 일을 하면서 오래간만에 마음은 푸근해졌다. 근심과 걱정도 없고 일에 즐거움만 느꼈던 시간이 또 올까. 사장님의 희생을 볼모로 삼고 있던 건 아니었을까. 정처없이 다니는 중에 홀대를 받지 않았다는 사실만으로 기쁨이 생긴다. 먼 후일, 사장님은 결국 장사를 접었다며 연락해 왔고 나는 죄책감에 휩싸였다. 빈번히 생기고 사라지는 수많은 식당 중에 오래도록 잘 되길 바랐던 곳이 없어지는 슬픔이란 그랬다.

"잘 되길 바랄게요." 문자를 받고서 내가 그런 말을 실제로 건넸던 적이 있나 떠올려봤다. 혹여 누군가가 내게, 직원이 사장

걱정을 하는 게 얼마나 배부른 소리인지 아느냐는 말까지 들었었지만, 돈을 주고받고 하는 관계보다 더 사람답게 생각하기로 했다. 앞으로 무얼 하든 잘 되길 바라는 마음이다.

한 시간 만에 잘린 밤

"면접 후 문제가 없다면 바로 일하실 수 있어요." 배낭을 둘러메고 섬의 정반대에 있는 동네로 갔다. 예정대로라면 카페에서 제공하는 숙소에 들어간 뒤 석 달 쯤 일하고 나면 기반이 잡힐 것이었다. 면접에 나올 질문을 생각해 보았다. 관광지 카페가 얼마나 대단한 사람을 원하겠느냐는 자만도 살짝 있었다. 커피 머신은 이미 다룰 줄 알고, 손님 응대도 적당히 잘 할 수 있다. 다른 문제 될 만한 일도 없다.

지역에서 꽤 유명한 카페라서 그런지 손님이 그득했다. 난 카운터 근처의 테이블에 앉아 사장과 마주 보며 그간의 경력을 내밀곤 여기저기서 일해봤기에 임기응변에 탁월하다는 점을 내세웠다. 사장은 여행이 삶인 사람을 처음 보았다고 말했다. 그리고 내일부터 바로 일하자고 했다. 안내해 준 숙소로 들어가 배낭을 놓고 가게로 돌아 나오며 여행 이야기를 했다. 꽤 부러운 눈치였던 것도 같다. 대개 이상을 살아가는 사람이 신비롭듯 그렇게 보이려고 말을 아끼는데, 그가 문득 묻는다. 그럼 이제 여기서 무얼 할 거냐고.

나는 글을 쓰고 싶었다. 숙명처럼 다가오는 감정을 미루지 않고 싶었다. 그래서 글을 쓸 거라고, 솔직하고 담백하게 말했다. 책 읽는 걸 좋아하는 데다 이제 글을 써 보고 싶다는 말을 곁들이면서. 그는 일단 숙소에 가서 쉬고 내일부터 일해보자며 날 돌려보냈다. 나는 날이 좋은 바닷가를 걸었다. 여기라면 마음이 좀 편안해지려나. 파도가 보이는 곳에서 돈을 벌며 일하고 쉴 수도 있다니 기뻤다. 물가는 비싸지만, 식사는 어찌어찌 해결할 수 있겠지. 하다 보면 아쉬운 것 없이 혼자 일어설 수 있겠지. 그런 기대를 품고 있었다.

한국에서 가장 흔하게 일할 수 있는 곳은 카페다. 그보다 더 많은 곳은 아마도 편의점일 것이다. 인생에서 최초의 독립을 하기 위하여 집을 떠나는 이라면 커피머신 정도는 쉽게 다룰 줄 알게 되지 않을까 싶을 만큼 한국엔 카페가 많다. 그렇다고 커피를 내리는 걸 만만히 봐서는 안 된다. 카페가 많은 만큼이나 사람들의 입맛 또한 올라갔으니 약간의 변화에도 예민하다. 혀는 솔직하다. 더구나 흔한 일이라고 쉬운 일이 될 수는 없다. 급여와 비교하면 손님 응대 수로는 한참 상위에 웃돌고 별별 사람을 다 볼 수 있는 고난도의 직종이다. '진상'이라는 단어가 괜히 카페에서 탄생한 게 아니다.

"관둔다고 했던 직원이 더 일하기로 해서요." 사장은 곤란하게 되었다는 표정이 역력했다. 그 표정은 그 이유로 곤란한 표정이 아니었다. 이유를 만들어 낸 표정이었다. 표정을 정말 잘 숨기는 사람들은 말투에서부터 냄새가 났다. 어떤 이유일까. 내 나이가 문제였나? 아니면 목소리, 커피를 만드는 기술이라던가. 업무 시간도 어떻든 아무 상관 없었는데. 무엇이 문제였나. 일자리를 잡는 일에 실패하면 사람은 자기 안에서 잘못을 찾게 된다. 사냥에 실패한 동물처럼 말이다. 발이 더 빨랐더라면, 조금 더 기민하게 움직였더라면. 그리고 나는 아무런 문제를 찾을 수 없었다. 그럼 정말로 일하던 사람의 마음이 하루아침에 뒤바뀌어 곤란해진게 맞나. 아닐 것이다. 확인한 바로 구인을 꽤 오래 했었으니까. 아마도, 그래 아마도 나보다 나은 사람이 왔을지 모른다. 그 외에는 마땅한 이유가 설명이 되지 않았다.

흔하디흔한 게 카페 일이라지만, 제주에서는 조금 더 특별한 느낌이 있다. 일자리와 함께 숙소를 제공해 주는 카페가 많다는 점이다. 섬에서도 육지만큼 카페가 흔했지만, 어디에서나 원하는 건 젊은 사람이었다. 육지에서 제주살이를 동경하여 잠시 넘어오는 사람으로선 돈을 벌며 공짜로 머물 수 있다는 생각을 먼저 할 텐데, 숙소를 제공하는 카페의 매출은 보통 엄청나다. 그러므로 업무에 치여 일을 관두는 사람도 많고 일을 하게 되더라도 하루하루가 버거워 여행은커녕 숙소에 들어와 방전되기 일쑤였다.

그런데도 내가 숙소를 제공하는 일자리를 고른 이유는 준비된 독립이 아니라 준비되지 않은 도피에 가까워서였고 현실적으로 보증금이 없는 이상 당장 목돈을 쥐어야 뭐라도 할 수 있다고 느꼈기 때문이었다. 그런데 해고라니. 정확하게는 고용 취소였지만, 법과 멀고 가진 게 없는 사회초년생이 무얼 알았을까. 그냥 그 말을 믿는 것 외에 달리할 게 없었다.

사장은 이미 짐을 푼 숙소에서 이틀 정도 머물다 가라고 했다. 미안한 점이 있으니 그 정도는 해주었나 보다. 내가 정말 갈 곳이 없어 보여서, 그래서 불쌍한 마음이었나. 난 숙소로 들어가 다음 행보를 준비해야 했다. 고민을 거쳐 고른 일은 언제나 주인의 재량대로 사라질 수 있었다. 그들에겐 쉬운 세상이고 나에겐 어려운 세상이다. 언제든 돈을 벌 수 있다는 생각은 위험하다. 벌 수 있을 기회가 생길 때 붙잡아야 한다. 헛손질을 몇 번 거치며 마음이 나약해졌다.

깜빡하여 신분증을 두고 온 가게를 향해 다시 걸었다. 이러고 있을 시간조차 없었고 뭐든 추슬러 회복해야 했다. "좀 괴짜 같지 않아요?", "그러니까⋯. 글쟁이래. 여기저기 떠돌이 생활 하나 봐." 그런 이야기를 들었다. 가게 뒤편에서 사장과 직원은 담배를 피우고 있었다. 얼굴까지만 가려지는 낮은 담. 난 도망치 듯 거길 벗어나 바다로 갔다.

뿌리가 없는 사람은 서럽다. 사회적으로 맞는 태도일 수 있 다. 이력서에 여행을 적고 여기저기 짧게 일한 경력은 신뢰가 깎 이기에 충분하다. 그들은 오래 일할 인재를 원할테니까. 소위 뜨 내기라 불리는 내 인생이 상대 앞에 펼쳐져 있을 때, 호의든 적 의든 그 순간을 함부로 믿어선 안 된다. 속내는 아무도 알 수 없 다. 확실하게 선을 그은 건 '글쟁이'가 되겠다는 허무맹랑함이 아 니었을까. 그래도 그렇지 글쟁이라니. 나는 꿈이 나쁘게 보일 수 도 있다는 사실을 처음 깨달았다.

"사장님, 죄송한데 신분증을 두고 왔네요. 챙겨주시면 찾으 러 가겠습니다." 문자를 보내고 해변에 앉아 바다를 봤다. 소주 만 있으면 딱 처량한 모양새다. "네, 지금 오셔도 돼요. 갑자기 이렇게 되어 죄송해요." 답장을 받은 뒤 가게에 들렀다 나오면서 나는 친구에게 전화를 걸었다. 내가 쓸모없대. 어울리지 않는대. 더 괜찮은 사람이 와서 탈락했어. 그런 말을 할 법한 순간이었 다. "내가 글쟁이라 안 된대.", "그게 도대체 무슨 말이야?"

나는 가족이란 틀을 떠나 홀로 서고 싶었지만 할 수 있는 게 없는 것처럼 느껴졌다. 세상이 미워지기까지 했다. 사람들이 저마다 슬픔에 빠지는 경우는 허다한데 고작 이런 일에 무너지면 안 되는데도 말이다. 치열한 세상이구나. 어설픈 걸 용납하지 않는 사회구나 여긴. 시간을 확인해 보니 딱 한 시간 만에 잘렸다.

　돈이 없다는 사실은 서럽지 않았다. 나 하나를 지탱하는 게 불가능할 수도 있다는 불안의 가능성이 서러웠다. 내게 잘못된 것이 없다는 안도로 위안으로 삼은 뒤 난 배낭을 메고 새벽같이 동네를 떠났다. 숙소를 확인했는지 사장으로부터 왜 벌써 떠났냐는 문자가 도착했지만, 답장하진 않았다. 해당 카페의 구인공고가 다시금 올라온 걸 보았다. 그깟 돈벌이에 꿈을 내칠 생각은 추호도 없었다. 흔하디흔한 일조차 하지 못하는 인간까진 아니라는 소리였다.

글씨 잘 쓰지 않아요?

가수를 하기 위해 연습생으로 들어간 친구로부터 5년 만에 연락이 왔다. 혼자 집에서 조용히 기타만 치고 종종 자신이 만든 음악을 올리곤 했었는데, 소식이 뚝 끊겨 보니 그간 소속사에 들어가 훈련을 받고 있었다. 멋진 가사와 멜로디를 만들어내던 그가 인정받았다는 사실에 기뻐 축하를 건넸다.

"박하, 글씨 잘 쓰지 않아요?" 오랜만에 연락한 용건은 소속사의 가수 선배가 새로운 앨범을 내는데 노래 제목을 캘리그라피로 써주면 안 되겠냐는 것이었다. 난 어릴 적부터 서예를 했다. 늘 새로운 것을 신기해하는 덕에 주의가 혹여 산만하게 자랄까, 부모가 내린 처방이었지만 붓글씨도 곧잘 썼던 걸 보면 산만한 것은 부모의 착각이었고 그저 생경한 것을 깊이 놀라워하는 아이였다고 생각한다.

　붓은 기본적으로 힘을 빼고 쓰지만 힘을 주어야 할 곳이 명확했다. 나는 본능적으로 힘을 줘야 할 곳을 알고 있었다. 그리고 여기저기 힘을 다르게 줘 보다가 독특한 글씨가 나오기도 하면 즐거웠다. 그런 탓에 학급에서는 늘 서기를 맡았고, 다른 귀찮은 일은 부여받지 않아서 다행이기도 했다. 그의 제안은 '나의 글씨가 마음에 든다.'는 의미였는데도 난 내 글씨에 자신이 없었다. 펜을 쥐고도 힘을 한참 뺀 탓에 쓰는 도구에 따라 글씨가 달라져서 늘 일정하지 않은 천방지축이었다. 더구나 캘리그라피라니 그런 전문적인 단어를 사용할 만큼 잘 쓴다고 생각지도 않았다.

　그의 선배는 나도 알만큼 유명한 사람이었다. 유명 가수의 앨범에 흔적을 남긴다는 건, 이름을 얹어 세간에 나를 알릴 업적이 될 테지만 돈을 받을 실력이 아니라는 걸 스스로 잘 알고 있었다. 그리고 무엇보다 소중한 작업에 누가 되고 싶지 않았던 마음이 컸다. 그럴 깜냥이 아니라며 거절하자, 동생은 내가 회사로 썼던 엽서를 받아 읽다가 우연히 선배에게 보였는데 그 글씨가 마음에 들었다는 이야기를 했다. 선배는 마침 앨범 캘리그라피가 필요했다고 말이다. "내가 좋아하는 가수라서 안 돼. 안 좋아했으면 승낙했을 거야." 당시 볼리비아에 있던 난 잠시 후 국제전화를 받았다. 그 가수였다.

　좋아하는 마음이 있어서 그럴지도 모르겠지만 멋진 목소리였다. "여행 중이시라고 들었습니다. 제가 번거롭게 한 게 아닐까 모르겠네요. 제 노래와 글씨가 어울릴 것 같아 개인적으로 부탁드리고 싶어 연락했습니다. 회사에서는 10만 원 밖에 이야기를 안 하던데 금액이 문제라면 30만 원 정도는 어떠세요?" 나는 돈이 문제가 아니라는 말을 다시 했다. 좋아하는 가수지만 내 글씨가 들어간다는 게 송구스럽고, 직업으로 캘리그라피를 하는 사람들의 일을 가로채는 것 아닐까 염려된다는 말을.

동생의 앨범에 들어갈 부탁이었다면 고민할 것도 없이 들어줬을 것이다. 아마추어에게는 아마추어의 응원도 힘이 되니까. 그러나 이미 프로의 영역에서 뛰는 사람에게 아마추어의 서포트는 자칫 독이 될지도 모르는 일이었다. 가수는 잠시 말을 멈추더니 자긴 자신의 결과물에 어떤 것이라도 걸맞다면 쓸 것이라고 나를 설득했다. "가능성은 언제나 응원받아야만 합니다." 그 말에 나는 넘어갔다.

앨범 제목과 이름 석 자를 수천 번은 썼던 것만 같다. 획 여기저기에 힘을 주며 스타일을 다르게 굴려보았고 전문가들은 능수능란하게 글씨체를 바꾸기도 했으나, 난 그렇지 못해 기본 형태가 나의 글씨에서 크게 벗어나지는 못했다. 이윽고 그의 마음에 흡족한 글씨를 찾아냈을 때 나는 파일을 보내고 휴식할 수 있었다.

종종 머릿속이 꽉 막힌 듯 아무것도 나오지 않을 때 동생에게 물었던 일이 있다. "너는 노래가 안 만들어질 때 어떻게 해?" 그는 말했다. "내버려 둬요." 그게 무슨 의미였나 캐물었다. "그건 안 익은 열매 같은 거예요. 억지로 따면 떫고 시어요. 그러니 그냥 익을 때까지 내버려 둬요."

사람은 응원으로 말미암아 세상을 살아갈 힘을 얻는다. 가끔은 그 음반을 검색해서 일부러 듣기도 한다. 내가 받았던 응원의 증명으로라도 내겐 가치가 있다. 가수가 말했던 어떤 가능성을 굳이 지정하려고 하는 쪽는 노력이 다 무의미하다는 걸 깨닫고 난 어떤 가능성이라도 응원할 수 있는 마음을 갖길 기도했다. 나중에 동생에게 듣기로 회사에서 내게 지급한 10만 원은 그대로였다고 한다. 20만 원은 그가 개인적으로 보낸 응원의 의미였다.

직업에는 귀천이 없다

차를 몰기 한참 전부터 나는 지게차를 먼저 몰았다. 포도 농
사를 짓던 나의 집안은 지게차가 둘이나 있었다. 땅에서 나는 과
실이라는 건 익는 때를 마음대로 고를 수 있는 게 아니었다. 포
도가 잔뜩 들어오면 저온 창고에 일단 닥치는 대로 밀어 넣어야
해서 나는 지게차를 자주 몰았다. 그때가 중학교 2학년. 경력으
로 따지면 10년 남짓하도록 일했다.

그쯤 되다 보니 나는 지게차의 칼날에 상자를 아무리 높게 쌓
아도 넘어뜨리지 않을 섬세함을 지니게 됐다. 동생은 내가 아무
리 가르쳐도 몇 번 시도하다 포도를 와르르 쏟아버리기 일쑤여
서 부모의 화를 사기만 했다. 나름의 감이 필요했다. 날렵하게
물건을 옮기길 곧잘 하니 지게차는 온전히 나의 몫이 되었다. 가

족은 내게 늘 지게차 자격증을 따라고 권했는데 정말 그런 일만 하게 될 것 같아 안 했다. 어차피 집에서만 몰 건데 그런 게 무슨 소용이 있을까 싶어서.

지게차 기사는 돈을 제법 많이 버는 직종이었다. 터키에서 만난 호주 친구의 말에 따르면 지게차 기사의 수입은 대단하다고 했다. 물론 영어가 되어야 하고 시험도 따로 통과해야 하는 터라 과정이 사뭇 다르긴 했지만, 휴일도 보장된 데다 일할 곳이 많아 참 좋은 직업이라고. 여행을 하다 보면 한국에서 천대받는 직업이 해외에서 촉망받는 경우가 많았다. 이를테면 용접, 미장, 배관공, 전기, 지게차 같은 것. 듣기만 하면 기술직의 천국으로 보였다. 비록 돈만 따졌을 때이긴 해도.

그는 자신의 페이스북을 내게 알려줬는데 그의 직업란에는 당당하게 '손 세차'가 적혀 있었다. "너 손 세차를 해?" 나는 생각과 다른 내 속마음이 역겨웠다. 속으로는 창창한 나이인 그가 손 세차에 삶을 건다는 사실이 안타깝게 느껴지기도 했다. 그는 자신이 호주에서 꽤 유명한 카 핸드워셔라며 짐짓 자랑스러운 태도로 예약이 엄청 밀려 있다고 말했다. 돈도 많이 버는 데다 젊은 체력을 내세워 빠르고 깨끗이 세차를 해 평판이 대단하단다.

그는 내게 호주로 넘어와 지게차 운전을 하라고 권했다. 지게차 운전과 손 세차가 얼마나 아름다운 일인가 열변을 토하던 그는 자신의 애착 베개를 들고 자러 가겠다며 침실로 올라갔다.

서서히 돈에 대한 미련이 태어날 즈음 나는 지게차를 다시 주목했다. 능숙하게 다룰 수 있는 장비가 하나쯤 있다는 것은 든 든하기도 한 동시에 별것도 아니라는 폄하를 동시에 품게 만든 다. 어떤 일이든 빨리 배워 능숙해진 것들이 특히 그렇다. 겸손 보다 오만이 앞서는 마음이 들었던 난 지게차를 확실히 잡지 않 기로 했다. 사고는 그런 마음이 일 때 벌어진다.

다만 직업에 관한 관념은 호주 친구에 의해 깨진 것으로, 난 여전히 그에게 감사한 마음이 있다. 물론 요즘은 한국에서도 고 소득을 올리는 직업으로 종종 소개되곤 하는 험한 일들이, 후줄 근한 이미지라던가 자랑하기 어려운 직업군인 탓에 알리길 꺼리 는 생각의 틀이 무참하게 부서졌다. 위험하고 고된 일을 하는 사 람들은 위대하다.

어디를 가나 써먹을 기술이 있다는 것. 그런 기술을 늘리고 싶은 욕심이 생겼다. 짧게 고소득을 올리는 사람들이야 전문적 으로 배운 경력이 길어서 따라잡을 순 없다. 급할 때 처리할 수 있을 정도만 된다면 만족할 만큼, 작은 재주를 늘리는 게 도움이 되었으면 되었지 누구도 아니라곤 말할 수 없을 테니까. 나는 가 족으로부터 지게차를 모는 10년 동안의 보수를 하나도 받지 못 했다. 집에서 하는 일이야 으레 돕는 것이니 당연하다고 말한다 해도 조금 억울하긴 했다. 이렇게 좋은 일감인 줄 알았더라면 진 작 자격증을 따 호주에서 일을 시작했을지도 모를 텐데.

기술이라는 활시위를 제대로 당긴 건 아니었어도 그때 내가 집에서 지게차를 몰며 '별 것 아닌 일'이라 치부했던 건 돈을 떠나 다행이었다고 생각한다. 돈이라도 받았다면 아예 어릴 적부터 지게차만 몰아야 하는 전문가로 스스로를 가두었을 수도 있을 테니까. 이미 충분히 숙련된 기술이 꽤 괜찮다는 걸 이제라도 알게 돼서 직업 평가가 더욱 나은 나라를 찾는다면 지게차를 몰 수도 있다. 좋지 않은가?

　고작 막힌 변기를 페트병과 옷걸이로 뚫어줬을 뿐인데 사람을 부르면 엄청나게 비싸다고 고맙다며 200유로나 건네왔던 마드리드의 할머니가 있었고, 한국인들은 수평을 기가 막히게 본다면서 잠깐만 봐 달라고 했던 터키의 공사장 인부들은 내게 밥과 아이스크림을 사주기도 했다. 감각이 겸비된 재주라는 건 우연찮은 쓸모를 만난다. 어떤 곳에선 그게 자랑이 될 수는 없더라도.

　자신 있게 말할 수 있는 직업들 사이에서 손 세차를 열거할 세상이 온다면 난 기쁠 수 있을까. 어떤 가치를 말할 때 그 가치를 알아봐 주는 세상이 언젠가 도래한다면, 돈벌이를 위한 모든 행위는 가치가 생기리라고 믿는다.

한여름에도
패딩 입고 일합니다

동료와 담배를 물며 나왔다. 우리의 몸에선 냉기가 연기처럼 피어오르고 있었고 패딩은 여전히 벗을 생각이 없었다. 7월이었다. 한여름에도 영하 20도를 버틴다는 것은 사뭇 좋게 보이기도 한다. 그러나 사람이 50도의 기온 차를 넘나들며 일한다는 건 무척 힘든 일이다. 한겨울과 한여름을 수시로 넘어 다니기가 익숙한 사람들이 일하고 있었다.

종류는 빵. 이곳은 대형 프랜차이즈의 물류 창고다. 제주 지역 전 지점에서 발주한 목록을 보고 아침 일찍부터 제각기 다른 생지를 골라 줄줄 쌓아서 분류해 두고 점심에 각 노선을 향하는 냉동 탑차에 실어 보낸다. 그 뒤 오후엔 육지로부터 배를 타고 온 대형 트럭에서 물건을 내린다. 지게차가 무수히 왕복하여 냉

76

동 창고 통로에 쌓이면 묵직하게 쌓인 밀가루 덩어리들을 트레이째 선입선출 방식으로 보관한다. 냉동 창고 안에서는 15단 짜리 트레이를 오직 힘으로만 끌고 민다. 그게 우리의 역할이다. 매섭게 팬이 도는 창고에선 지게차가 얼어붙기 때문에.

인간은 얼지 않는다. 영하 20도에서 몸을 움직이다 보면 콧물은 기본이고 눈동자가 머금은 물기가 각막부터 살얼음이 뜨는 기분이 된다. 중간중간 잠시 손을 녹이긴 해도, 빠르고 효율적으로 단번에 옮기자는 마음이 앞선다. 그리하여 오래 버틴 사람이 많지 않고 금세 몸이 축나서 나간다. 장기간 일한 사람들은 그만큼 텃세가 오른다.

분위기를 위기로 만드는 사람도 있다. 일이란 마쳐야 끝나기 때문에 남들이 일하는 만큼 하지 않고 도망치는 사람 말이다. 여기에 개인 할당량이란 없다. 할당된 덩어리를 함께 마칠 뿐이라 빨리하는 사람이 도와주는 게 모두의 목적에 부합하지만, 어디 인간의 체력이란 게 똑같을 순 없지 않나. 사회주의의 개념을 저릿하도록 떠오르게 하는 공간, 냉동 창고다.

제주에 도착한 뒤로 나는 마음에 드는 마땅한 일을 찾기 전까지 할만한 일을 물색했다. 냉동 창고의 구인공고가 눈에 들었다. 여긴 늘 사람이 부족해 보였다. 힘든 일이라는 소리다. 그러나 일해보기로 한 가장 큰 이유는 추운 곳이기 때문이었다. 나는 태생이 겨울 인간이라서 추위에 강하고 더위에 약하다. 여름이 오면 땀을 물 흐르듯 줄줄 흘리고, 어떤 일을 하게 됐든 간에 모두 엎어버린 뒤 드러눕고 싶어진다. 냉동 창고는 결코 그럴 일이 없지 않을까. 더불어 대기업의 짭짤한 보수는 혹하기에 충분했다.

여러 일을 전전하며 겪어본 바, 대기업에서 주도하는 사업에는 장점이 있다. 합법과 위법의 경계를 절대 넘어서지 않는다. 추가수당은 당연하며 고행에 대한 위로수당도 있다. 이건 어떻게든 비용 절감을 고안하는 게 일인 사람들에게 무려 '힘든 일'이라고 인정받은 일이다. 돈을 많이 준다는 것은 그만큼 고된 일이라는 말과 같다. 그리고 그때의 난 돈이 필요했다.

창고에서는 딴짓할 엄두가 나지 않는다. 어디 숨어 쉬다간 얼어 죽을 테고 차라리 몸을 바삐 움직여 열을 내는 편이 훨씬 낫다. 난 추위를 무척 잘 견디는 인간이었지만 절대다수의 사람들은 극단적인 추위와 더위를 공평히 싫어했다. 그래서 자주 사람이 바뀌었다. 얼마나 일할 수 있을지는 모르겠으나 이 일이 생각보다 아주 적성에 잘 맞는다고 생각했다. 한여름에도 패딩을 입고 일할 지경이니 1년 내내 겨울이라는 것은 나 같은 사람에게 축복과 다름없었다.

그와는 별개로 꽤 일찍 관둘 수도 있겠다는 예감은 언제나 사람 때문에 온다. 모든 직종이 그러하듯 일이야 쌓이더라도 처리할 수 있지만 인간관계라는 건 도저히 마음대로 처리할 수 있는 개념이 아니다. 일하기 위해 모인 사람들은 살아온 환경이 전부

다르다 보니, 일을 바꾸며 일터를 전전할 때마다 이곳에선 어떤 관습과 이해만을 인정하는지 파악하는 게 급선무가 된다. 법과 도덕과 상식을 넘어 직장 내 규율이라는 체계로.

제주와 육지를 오가는 트럭 기사들의 입김은 셌다. 그저 운전을 하고 나면 거점을 지키는 직원들이 알아서 내리고 실어주는 것으로 약속되어 있으니 자판기 커피나 마시며 담배를 피우면 된다. 정리가 끝나면 다시 저녁 배 시간을 기다려 육지로 간다.

그런 대형 트레일러 기사들이 할 수 있는 부업이 있다. 육지로 넘어가는 차가 비어 있으면 기름이나 쓸 뿐이니 빈 팔레트를 실어 다시 옮겨주면 조금이라도 돈을 받을 수 있었다. 기사 대부분은 그게 귀찮아 노닥거리다 떠날 뿐이었는데 몇몇 나이 든 기사들은 그 일을 빼먹지 않고 했다. 말은 푼돈이라고 했으나 안 하느니만 못하다는 게 이유였다.

일을 하지 않고 쉰다는 건 쉬운 것 같아도 그렇지 않다. 소일거리라도 하지 않으면 좀이 쑤시는 사람들도 세상엔 넘치게 많았다. 따박따박 들어오는 월급과 별개로 추가로 하는 일은 보너스를 받는 기분이지 않나. 그렇게 노동과 돈에 중독된다. 손에 익은 일을 내치기엔 안정감이 너무 크니까.

나는 문제없이 일을 헤쳐나갔지만 이유 없는 텃세를 견디지 못해 일을 관두기로 했다. 일을 관둔다는 건, 그 사람이 전부 포기할 만큼이나 중요한 지점을 건드렸다는 말과 진배없다. '이깟 돈벌이에, 그래 이깟 돈벌이에.' 고작 돈벌이에 그런 에너지를 소모하고 싶지는 않았다. 그래서 양심도 없고 그늘도 없다. 이 일은 감정을 써서 돈을 버는 형태의 일이 아니니까. 감정은 확실하게 분리하고 해야 할 일을 하는 것으로 충분하다. 이미 냉기 뿜는 패딩을 여름에 걸치는 것으로 고된 일이라 판명 난 마당이었다. 사람에게마저 고역을 겪고 싶지는 않았던 것도 같다. 사람은 얼지 않는다. 마음은 종종 얼기도 한다.

책 파는 술집을 만들다

나 역시 동업이라는 일을 벌였다. 공간을 만든다는 건 매력적인 제안이었다. 그는 제주에 사는 나를 세 번이나 찾아왔다. 함께 하자고. 내가 제갈공명도 아닌데 어떤 고까운 자세로 세 번이나 찾아온 사람을 물리칠 수 있겠나. 나쁜 제안은 아니었다. 투자자가 있어 내 돈을 따로 투자할 필요도 없었고 인테리어를 도맡을 수 있었으니 여태 여행을 하며 보아왔던 것들을 총집합시켰을 때 세상에 먹히는지 확인할 기회였다. 그래서 하기로 했다.

동업은 누구나 다, 하물며 생전 알지 못하던 사람이라도 죄다 말리고 나설 일이었다. 그런 거 하는 거 아니라면서 사이가 틀어진 무수한 사례들을 언급하며 날 붙잡았는데, 이미 숱하게 들었기 때문에 사람 하나를 잃게 된들 해볼 가치가 충분하다는 판단이 섰기 때문이다. 그는 사장이었고 나는 매니저를 하기로 했다. 직책은 그렇게 가되, 외부적인 일과 내부 운영을 담당하는 역할을 서로 달리하기로 한 것이었다. 나는 사이가 틀어지면 서로가 서로한테 나쁜 사람이 될 거라 경고했다. 그는 결코 그런 일을 만들지 않겠노라고, 날 전적으로 믿겠노라고 거듭 강조했다. 난 그 말을 믿지는 않았다. 믿음을 입 밖에 내는 사람은 자신이 시도하는 자세를 믿음이라고 믿었다.

가게는 위치를 정하는 것부터 시작해야 했다. 난 보증금과 월세와 유동인구 등 다양한 요소를 고려하여 장소를 골랐다. 주변을 둘러보아도 글을 쓰는, 글을 사랑하는 사람들이 늘 모이는 곳이었다. 그리고 나는 책을 팔고, 책을 읽는 술집을 만들고 싶었다. 글 쓰는 사람들을 주요 고객으로 잡는다는 것은 물론 딱히 돈이 되는 장사는 아니었다. 하릴없이 앉아서 글을 쓰고 술을 마실 공간이 필요할 뿐 매상을 올려줄 기대는 하지 않았다. 그러나 책을 사랑하는 사람들이 모이면 분위기라는 것이 생겼다. 돈을 아무리 쏟아도 담지 못할 분위기라는 인테리어가.

구한 가게는 비록 지하였어도, 천장이 높고 벽돌은 차가웠으니 나조차 글을 쓰려면 이런 공간을 독차지 하고 싶을 정도였다. 인테리어 업체에 내가 사랑해 마지않는 요소를 모두 담은 디자인을 요구했다. 스페인에서 보았던 바, 쿠바에서 보았던 식당, 포르투갈의 책방, 러시아의 선술집. 여행하며 만난 멋진 부분을 그러모아서.

인테리어를 하는 형이 가게를 준비하던 내 고충을 얼핏 듣고는 말했다. "절대로 모든 걸 다 보여주지는 마. 어떻게 될지 모르는 거니까." 나는 그 조언을 흘려듣지 않았다. 모든 것을 다 보여준다는 건 쓰임이 다해 토사구팽이 될 경우를 일컫는다. 요모조모 내가 아름답게 생각하는 걸 취합하면 가게의 수준은 부쩍 높아질 테지만, 온전히 내 가게가 아니니 걱정하는 마음을 이해 못할 것도 없다. 혹여 나중에라도 내가 나만의 공간을 꾸리고 싶을 수도 있고 그때 가서야 이곳에 소진했던 아이디어를 낭비한 느낌이 들 때 자책을 견디지 못하리라는 계산이었다. 비즈니스라는 건, 더구나 동업이라는 건, 계산이란 말을 무수히 쏟을 만큼 다분히 계산적인 관계가 건전하다. 동업을 말리는 것도 그 계산이 친분과 뒤섞여 경계가 사라지기 때문에 읊는 말이었다.

시간이 지날수록 돈은 문제가 됐다. 동업자는 타협을 보고 싶어했고 나는 양보하지 않으려고 기 싸움을 하면서 그럭저럭 준비하는 나날이었다. 내가 잘 모르는 것에선 한발 물러서고 양보할 수 없는 것에선 설득하느라 진을 뺐다. 예를 들면 가구나 스탠드를 적당히 맞추고 나서 그릇과 잔은 가능한 한 좋은 것을 쓰도록 부탁하곤 했다. 모든 걸 만족스럽게 채우기 위한 인테리어 비용도 만만치 않기에 통로처럼 보이는 가벽이라거나 높은 벽장형 책장을 챙긴 뒤 나머지는 포기했다. 한정된 자원에 맞춰 분투하는 건 내가 삶에서 늘 해오던 일이었으니까. 우린 예정된 날에 가까스로 가게를 열 수 있었다.

나는 몸짓을 중시했다. 함께 일하는 사람들에게 당부하기를 우리는 모두 초보지만 숙련자처럼 보여야 한다고 항상 말하며 일했던 것 같다. 모든 움직임이 간결하고 깔끔하게. 특히나 내가 좋은 인상을 받았던 술집에서는 일하는 사람들이 늘 분주하고 기민하게 손님의 분위기를 알아채곤 했다. 부산스럽고 산만한 것과는 전혀 다르다. '저 열심히 움직이고 있어요.'라는 투가 아니라 '이게 필요하셨죠?' 말하지 않아도 알아채는 감각이 충만히 작용했다. 다행히도 나는 그런 재능이 곧잘 있었다. 손님들은 공간에 머물며 편안해 했고 좋다고, 고맙다고 말하는 게 기뻐 점잖은 척하던 내 표정이 흐트러질 정도로 말이다.

시를 읽기로 한 제안은 모두가 꺼렸다. 난 한 시간짜리 모래시계를 구해서 시 낭독을 해 보자고 했는데 '그건 너무 부끄럽지 않은가' 하는 반응이었다. 좋아하는 책을 큐레이션 하여 들여놓고 그중 더할 나위 없이 좋았던 것을 따로 세워두기까지 했는데도 주인이 공간에 녹아들지 못한다면 그건 그냥 콘셉트일 뿐이지 않을까. 그래서 나는 낭독을 시작했다. 글을 좋아하는 사람들이 모인 이상 반드시 반향이 일 것이라는 자신이 있었다. 처음으로 조명을 어둡게 바꿔 시를 읽는 날, 손님들이 더 어쩔 줄 몰라 하는 바람에 처음으로 잘못된 선택을 한 건지 잠시 머뭇거렸던 것 같다. 꿋꿋이 하루를, 일주일을, 한 달을. 다른 직원들도 용기를 내어 읽기 시작했다. 손님들의 메뉴가 전부 나가고 책을 읽다가 어느 한 손님이 조심스레 다가와 내게 말을 걸었다. "오늘은 시를 읽지 않나요?"

손님들은 자기가 좋아하는 시를 읽어달라며 들고 오기도 했다. 아무도 몰랐겠지만 나는 벅찬 마음을 누를 수가 없었다. 사랑을 놓지 않은 채 지속할 수만 있다면 사랑을 받는 날도 생긴다. 시 낭독이 혼자만의 외침으로 끝나지 않아 안도할 수 있던 나는 그제야 이 공간이 비로소 완성된 것만 같았다.

동업의 끝맺음이 보통 그렇듯, 나는 동업자와 골이 생겼다. 사람과 사람의 사이가 틀어지면 어떤 것도 눈에 들어오지 않는다. 내 손때 묻은 공간은 돌이킬 수 없는 것이 되어 나는 떠나기로 했다. 애정이 사라진 후 바라본 가게는 미웠다. 쏟은 애정을 돌려받지 못했나 생각하면 그건 아니었다. 이 공간을 만족하는 사람들이 있었으니까. '사람들에게 내 감각이 먹힐까?' 처음에 생각한 바를 충분히 이뤘다. 어느 직종에서나 떠나는 건 항상 나였다. 남의 돈을 버는 입장은 늘 그랬다. 그래서 내게 딱히 후회는 남지 않는다.

때로 너무 지나치다고, 때로는 소극적이라고, 그래서 네게 아무 도움이 안 될 거라고 말하는 무책임을 아무 사이도 아닌 타인에게 부리긴 싫다. 얻을 것을 생각하면서 잃을 것을 생각하기로 한다. 돈도 시간도 친구도 잃었다고만 생각하면 우울에 가라앉고 말겠지. 난 리스크 없는 창업의 기회를 얻었고 다른 좋은 벗들을 훨씬 많이 얻었고 서울에서 사는 기쁨을 맛봤다는 생각을 자꾸만 되새긴다. 담배는 무척 늘었지만 말이다.

가벼운 목례의 기쁨

일주일에 하루만 쉬는 사람에겐 휴식이 마땅하다. 나는 그 시간을 쪼개어 하루만 일할 수 있는 일용직을 찾았다. 종종 내가 지나다니며 보았던, 공사장에서 경광봉을 흔드는 일이었다. 땅을 파고 무언가 정비하는 일 자체는 무엇인지 도통 알 수 없었지만 나는 어찌 됐든 경광봉을 흔들며 차량이 원활히 통과하게끔 하면 됐다.

안개가 잔뜩 낀 하루였다. 더불어 신호수에게는 더없이 위험한 날이라고 들었다. 경광봉 하나는 고장이 나 전구가 나간 상태였고, 서울에서 도망을 왔다던 남자에게 멀쩡한 경광봉을 건넸다. 그는 집에서 쫓겨났다고 했다. 그래서 제대로 된 일을 잡기 전에 일용직이라도 하러 나왔다는 그에게 그나마 멀쩡한 것을 건네지 않을 수 없었다. 나는 일을 착수하기에 앞서 그와 통신하는 무전기로 차량을 먼저 보낼지 기다릴지 사인을 몇 마디 맞추고 난 뒤 우리는 작업을 시작했다. 뿌옇게 안개가 서린 길에도 통행하는 차량은 무척 많았다.

반장을 필두로 작업이 시작된 뒤, 남자와 나는 익숙하지 않은 사인 탓에 몇 번이나 길을 어지럽게 만들었다. 진작 신호를 보았더라면 지나갈 수 있었을 텐데 운전 중 핸드폰을 보느라 지나가지 못한 사람, 대기 신호를 보내도 무시하는 사람, 거기다 다짜고짜 욕을 하는 사람. 무전을 들어야 해서 이어폰도 꽂지 못한 채 그 심한 욕설을 다 감내해야 했다.

이런 문제 중에서도 수신호를 무시하는 사람이 특히 더 많았다. 그럼 반대편에서 차를 보내던 남자는 당황하고 무전으로 내게 싫은 말을 해왔다. "제가 보낸 게 아니에요. 저 사람이 무시하고 지나간 거지." 적극적으로 막아보자니 내가 안개 속에서 차앞으로 몸을 던질 만큼 돈을 많이 받은 건 아니었다. 몇 번의 시도 끝에 남자도 나도 그들의 차를 멈출 방법이 없음을 깨달았다.

"정말 최악인 사람들이네요." 남자는 편의점 도시락을 뜨며 말했다. 일이며 삶이며 모든 것에는 자기 뜻만 내보이기 마련이다. 공사는 해야 하는 일이고, 불편은 필연적으로 뒤따르는 일이었지만 차량 흐름은 원활해야만 하는 사람들의 욕심. 그리고 결여된 건 양보였다. 그 사람들에게 길이란 평균적으로 지나는 시간이 있어 약속에 늦었거나, 급한 업무가 있거나, 하다못해 운전 중 똥이 마려울지도 모르는 것이니 우린 서로를 위로하고 대충 내버려 두기로 했다. 욕이야 뱉으면 순간 시원해지고 마니까.

오후가 되어 다시 일에 돌입했을 때 우린 더 차분하고 건조한 투로 경광봉을 흔들었다. 처음에 가볍게 느껴진 플라스틱 막대도 종일 흔들면 팔이 저리다. 속도를 줄이지 않은 채 코너를 매섭게 도는 차량이 보이기에 정면으로 가로막았더니 욕지거리를 한바탕 듣고, 내가 이 동네에서 지위가 어쨌네 저쨌네 하는 말을 마저 듣기도 전에 "네, 가세요." 하고 보내버린다. 어차피 바닥이 패여 버린 비포장 공사 현장을 지나는 동안 속도를 내지 않는다. 사람은 귀하지 않지만, 자신의 삐까뻔쩍한 자동차는 귀했나 보다. 그러나저러나 기껏 이 사람들은 내 신호가 없으면 당장 여길 지나가지 못한다.

갑작스레 늘어가는 차량에 외국인들이 등장하기 시작했다. 아마도 영어 도시의 퇴근 시간과 맞물려 그럴 것이라 짐작했는데, 그들은 하나같이 나의 신호를 완벽하게 지켜주고 있었다. 끊임없이 무시를 당하다 보면 당연한 것에도 감동할 수 있다. "Thank you for your service." 흔히 군인들에 대한 존경이라며 짧은 영상에 등장하던 대사를 내게도 해주는 사람들이었다. 그것도 반드시 창문을 온전히 내려서 내 얼굴을 바라보며 말하는데 난 그 감정을 잊을 수 없다. 한낱 경광봉을 흔드는 일이 일로

써 보이기 위해 사람들은 무진 애를 쓰곤 하지만 그들에겐 이미 '일'이었다.

어쩌면 내가 사대주의를 가진 건 아닐까. 외국인 중에서도 물론 그렇지 않은 사람이 있겠지. 20초가 되지 않는 짧은 멈춤에서 쉬지 않고 빵빵거리는 사람이 하나쯤 있겠지. 이렇듯 두터운 인성을 지니지 못한 사람은 늘 의심을 챙긴다. 한 차량이 멈춰서고 창문이 다시 열린다. 무슨 공사를 하느냐고 물어오는 외국인, 난 아마도 수도 문제일 것이라 대답해 줬는데 그 밑으로 뽕 하고 딸로 보이는 작은 여자아이가 튀어나온다. "감사합니다." 어설픈 한국말로 꼬마가 내게 말했다. 난 방심한 채 감사에 대한 감사를 놓쳤다. 감사를 받는 게 서툴러 늘 감사를 놓치곤 했었지만, 그 순간만큼은 정말 어떤 말을 할 수 없었다. 했더라면 '고마워요.'가 가장 적절하지 않았을까.

정시에 일을 마치고 남자는 내게 흥분해서 떠들었다. "마지막에 되게 좋던데요?" 외국인 모두가 자신에게 목례를 해주거나 손을 살짝 들어 고마움을 표했다는 말이었다. 작업반장이 우리에게 다가와 오후부터는 정말 잘 해줬다면서 5천 원을 봉투에 더 넣어줬다. 힘이 들지 않는 듯 보여도 힘이 드는 일이 있는데 신호수가 꼭 그렇다면서. "그런데 가만 보면 일이란 게 전부 그런 것 같기도 하구먼. 남이 하는 일은 전부 쉬워 보이기만 하니 말이야."

남자와 내가 다시는 만날 일이 없겠지만 우린 아마도 같은 감정을 느끼고 있었을지 모른다. 돈보다도 귀한 것. 사람이 어떤 사소함으로 인해 고단한 노동을 매일 지속할 수 있는지 깨달은 셈이다.

2장

할 수 있는 일이라면 어떤 일이든 한다

우물 밖 개구리는
우물을 두려워하지 않는다

일을 하면서 정당한 대가를 받는 것이 노동이라고 한다면 나의 첫 노동은 일곱 살에 시작되었다. 대부분은 그맘때 첫 노동을 경험했을 것이다. 족집게를 들고 흰머리를 뽑아서 용돈을 받은 경험은 모두 한 번씩 있지 않을까. 나는 포도 상자를 접고 상자당 50원씩을 받았다. 시간이 흘러 본격적으로 일을 할 수 있는 체격이 되자 정당한 대가를 받지 못했다. 농사를 짓는 집안의 아들은 응당 일을 도와야 했다. 집안일을 돕는 것으로 생각하기에는 노동의 강도가 엄청났다. 지나가듯 부모님에게 임금 이야기를 했지만 돌아오는 건 밥값과 집값을 내라는 말이었다. 이 경험은 직업에 대한 내 생각을 크게 뒤흔들었다. 학교에서는 자신의 미래를 생각해 보라고, 장래 희망을 말해보라고 했지만 어떤 직업을 가져야 할지 확신이 들지 않았다.

누구도 남의 미래를 결정할 권리는 없다. 독립하기 위해 마련한 500만 원을 들고 넓은 세상을 보기 위해 여행을 떠났다. 처음으로 오롯이 나에게 집중하는 시간을 보냈다. 쉼 없이 국경을 넘으며 생각했다. '지금 하고 싶은 건 뭐야? 다음엔 뭘 해 볼까?' 그럼 내 마음은 즉각 대답했다. 나는 때마다 하고 싶다고 외치는 마음을 따라 정당한 대가를 받는 일에 매진했다.

여행은 내게 중요한 의미였다. 우물 밖으로 나온 개구리의 첫 발걸음이니 당연했다. 세상 수많은 사람이 가지각색 떠드는 생각은 듣는 것만으로도 재미가 쏠쏠했다. 그들이 삶에 대해 이러쿵저러쿵하는 소리를 듣고 있으면 그들의 좋은 점을 죄다 섞어 나를 만들 수 있을 것만 같았다.

여행이라는 건 '어떻게 살아야 하는가.'라는 숙제를 해결하는 재미를 주었으나 여비는 별개의 문제였다. 일을 하지 않는 이상 재미있는 시간을 유지하기는 어려웠다. 마땅히 몰두할 직업을 찾지도, 많은 경험을 한 것도 아니었으니 일단 순간을 유지하기 위해 어떻게든 돈을 벌어야 했다. 나에게는 오랫동안 여행을 유지할 뾰족한 비결이 없었다.

나는 생각보다 할 수 있는 일이 많은 사람이었다. 사진 찍는 일이 그랬고, 아이들은 나를 잘 따랐다. 나는 인터넷 카페를 뒤져 현지의 교민들과 말을 터서 일을 돕기도 했다. 알음알음 숙식을 제공하는 곳에 지내며 일하기도 했다. 현지에서 일하다 보니 스페인어도 쑥쑥 늘었다. 다른 것보다 스스로 응원할 수 있는 사람이 되었다는 게 가장 중요한 변화였다.

좋아하는 일을 찾기 전까지는 일이 여행을 앞지르지 않도록 신경 써야 했다. 가끔은 여행 스냅 사진을 찍었고 오래 머문 덕에 알게 된 정보를 곁들여 여행 가이드를 해주기도 했다. 누군가 보기에는 가치 없는 일이라고 여길지도 몰랐지만, 일단 내가 사랑하게 된 삶을 지속하고 싶다는 마음이 컸다.

시골에서 함께 나고 자란 친구는 단 한 번도 농사꾼을 벗어나 다른 길을 걸은 적이 없다. 그래서 안정적이었냐고 물으면 그도 나름의 굴곡이 있었다. 일을 빨리 시작해 이른 나이에 높은 직급에 오른 친구는 어릴 때 더 자유로웠어야 한다는 후회 섞인 말을 하기도 했다. 그들의 삶을 응원하는 마음이지만 아예 다른 방향으로 사는 난 즐거웠다. 미래에 대한 불안은 꼭 돈이 아니더라도 존재하기 마련이니까. 적어도 내게는 돈에서 오는 평온보다 살아 있다는 감각에서 오는 평온이 더 컸다.

수많은 사람을 상대하다 보니 사람마다 삶의 방식도 다르다는 걸 깨달았다. 결국 귀국길에 오르고 나서야 주구장창 여행을 하며 돈을 모으기는 턱없이 부족하다는 사실을, 그리고 여행 중 돈을 버는 일이 여행자가 지니는 마음을 해치기도 한다는 사실을 알았다. 그렇다고 하고 싶은 걸 일을 하기 위해 포기하거나 참을 수는 없으니 일에 집중하는 나와 여행하는 나를 분리하기로 했다.

한국에 돌아온 뒤로는 일을 찾아다녔다. 어느새 나이는 먹을 대로 먹었고 경력은 내밀기도 어려운 데다 한 것이라곤 여행뿐이었다. 지금껏 살아온 삶에 자문자답하다 보니 내가 정신적으로 건강한 삶을 지냈다는 결론을 내렸다. 그래, 이거면 충분하지 않나.

난 다시 자신을 기르기 위해 돈을 모으기로 했다. 집과 회사가 고정되어 있지 않다는 건 어디서나 일할 수 있다는 말과도 같았다. 한국에서도 여행하듯 일할 수 있지 않을까. 못 가본 곳이 이렇게나 많은데. 단단한 생각이 자리 잡은 후에는 무작정 나가서 버티기보다는 기간과 비율을 정해 여행과 일을 병행하기 위해 무진 애를 썼다.

백화점 야간 경비 일을 하다가 히말라야 근처에 있는 친구를 만나 매일 차를 한잔하며 몇 개월을 지내기도 하고, 배달 일을 하고 운전기사를 하다가 아르헨티나로 날아가 빙하를 보기도 하고, 또 거기서 기회가 닿는다면 일해보기도 했다. 변화의 횟수가 늘어날수록 일과 삶에 대한 이해가 늘었다. 이렇게 일하다 보니 반복적인 일에서도 재미를 찾게 되었다. 나를 즐겁게 만들 일, 이왕 재미있는 김에 밥벌이까지 되는 일이라니 금상첨화다.

첫 책을 내게 된 일을 빌려 사람들을 만나며 되새긴 감각들과 삶이 무엇인지 끊임없이 되묻는 마음을 더 펼치고 싶었다. 동업으로 사업을 해보기도 하고 오토바이 운전 일로 일본을 다녀볼 수도 있었다. 여행지에서 만난 친구들에게 의뢰받는 돈벌이도 능숙했다. 좋아하는 일을 하면서 삶을 유지하는 것에 익숙해진 것이다.

한참 전에 탈출했던 우물에 대해 생각해 본다. 우물 밖에서도 오래 일을 지속하다 보면 내가 지금 있는 곳이 우물처럼 느껴지기도 했다. 그럼 나는 다시 우물 밖으로 훌쩍 나왔다. 돌이켜 보면 나는 일반적이라고 생각되는 삶을 따르지 않은 것에 한 치의 후회도 없다. 그렇다고 다른 사람에게 나처럼 살라고 강요하지도 않았다. 오늘 당장 생을 마감하더라도 기쁘게 따를 수 있는 삶을 찾아가고 싶다. 여전히 하고 싶고, 보고 싶은 게 많은 나는 아직 제 명대로, 팔자대로 사는 중이다.

내가 삶을 대하는 마음은 로또를 사는 마음과 비슷하다. 매주 5천 원으로 사는 복권이 모두 꽝이라고 해도 1등 당첨에 기대를 거는 마음. 내가 만약 어느 일에 정착해 당첨 확인을 미룬다면 기대감이 가득한 마음으로 살 수 있지 않을까. 다행히 인생이라는 복권은 추첨일이 정해져 있지 않다.

당신은 왜 불안하지 않나요

통장에 1,200원이 남았다면 어떨까. 적금을 제외한 돈이나, 쓸 돈을 제외한 금액이 아니라 현재 보유한 전 재산을 말하는 것이다. 천 원 남짓한 돈으로 할 수 있는 일은 좀처럼 떠오르지 않는다. 당장 돈이 되는 일을 해야겠지. 그러나 그게 가능하지 않은 상황이라면? 여기까지 온 마당에 돈이 떨어지기 전에 뭐라도 해야 했다고 말하는 건 쉽다. 대책이 아예 없지는 않았다. 그저 받을 돈이 있었지만 아직은 아니었고, 비행기가 제멋대로 취소되어 새로 마련하는 바람에 추가금이 나갔고, 마침 비자 가격은 두 배로 뛰었다. 악재가 한 번에 일어났을 뿐이었다. 그게 이스탄불에서 나의 처지였다.

내친김에 남은 돈으로는 맥주를 사서 마셨다. 날이 더웠으니까. 이런 일이 여태 벌어지지 않았던 건 그래도 내가 돈에 대해 위험을 감수하지 않는 성향이었기 때문이다. 사람은 가진 것이 없으면 불안해진다. 자유는 돈에서 오지 않는다 하더라도 인간의 자유도는 돈에서 기인한다. 선택권이 넓어진다는 의미다. 만일 내게 천 원이 더 있었다면 맥주에 안주까지 마련할 수 있는 것처럼 말이다.

삶이 이렇듯 막막해지면 나는 불안을 이기지 못할 줄 알았다. 휘청이다 슬픔에 잠겨 무력한 인간이라며 자신을 깎아내리리라고 생각했다. 그러나 드라마 속 주인공과 같이 연민에 허덕일 줄 알았던 난 꽤 멀쩡했다. 마음이 바닥을 칠 때면 가능한 한 부드럽게 가라앉으려 노력한다. 깃털처럼.

이미 벌어진 일에 대한 후회는 가치가 없다. 벌어지지 않은 일에 대한 불안도 마찬가지다. 벌어진 순간 화가 날 수 있는 일이라면 미리 없앨 수 있을지도 모른다. 나의 자아는 닳은 것인지 견고해진 것인지 여유롭게 차나 한잔하고 있는 모양새였다. 그런 상태를 확인하고 나니 실웃음이 나왔다. 드디어 돈에서 해방된 기분이었다. 100만 원, 50만 원, 20만 원 수중에 잔고가 떨어질 때마다 한숨이 나오고 머리가 뜨거워지곤 했던 지난 날은 없다.

미래를 걱정하지 않는다고 말하면서 미래를 꼭 쥐고 놓지 못하는 모순이 내면에 그득그득 차 있기도 했다. 캘리그라피 엽서를 만들어 팔고, 받을 돈을 조금 당겨 받을 수 있는지 요청해 두고, 생각도 없던 숙소 일을 도우며 하루 이틀만 더 잘 수 있겠느냐 부탁하는 사이 문제는 손쉽게 해결됐다. 이 일을 반면교사 삼아 나는 여행 경비가 떨어져도 위급상황이 아니라면 절대 손대지 않는 돈을 마련해 둘 필요가 있다고 느꼈다.

삶에 규격과 틀이 잡히기 시작했던 건 이때부터다. '돈은 날 불안케 하지 못한다.' 이 생각은 확실했다. '그렇지만 무척 피곤한 일이다.' 이 생각엔 동의했다. 겪어보니 당장 돈이 없는 상태에서는 자꾸만 시간과 신경을 빼앗긴다. 그러므로 여행 이전에 경비를 마련해 두고 일정 부분을 떼어 비상금을 마련하는 게 익숙해졌다.

직업은 돈을 버는 수단이라고 생각하며 자아가 활동하는 것과 분리했다. 직업으로 자아를 찾는 사람들도 분명 있겠지만 내 자아는 돈을 좇는 일을 택하지는 않았으니까 되도록 독특한 일을 찾아보기로 했다. 재미있어 보이는 일, 궁금했던 일을 하며 내게 맞는 일을 건져내기로 했다. 뭐든 하자는 심정은 나에게 있어 내몰린 마음은 아니었다.

뜨거운 여름 사막을 달리는 승합차 안에서 어떤 여행자가 물었다. 여행을 지속하는 힘이 무엇인지, 지겹지는 않은지, 외롭지 않은지, 경비는 어디서 구하는지. 질문에 익숙한 듯 대답을 흘려보내다가 "그렇게 살면 인생이 너무 불안하잖아요."라는 말에는 멈춰섰다. "저는 불안하지 않아요. 왜 제 인생을 불안할 거라고 말하죠?" 그는 그가 늙었을 때 쓸 병원비와 예상치 못할 지출 등을 이유로 들고 있었다.

젊음을 담보로 늙음을 돌보는 것만이 능사는 아니지만, 모두가 그걸 대비라고 부르니 그의 생각도 이해가 갔다. 그렇지만 그의 말은 마치 내게 '그게 불안하지 않으면 안 되는데. 저 삶이 행복하면 안 되는데.'처럼 들렸다.

좋아하는 글쓰기를 하면서는 문장과 단어 하나하나에 영 불안을 떨칠 수가 없지만, 돈에는 좀처럼 그런 마음이 들지 않는다. 난 뒤꽁무니로 든든한 버팀목 하나를 마련해 두는 인간이 됐다. 내가 사랑하는 사람들에게 여유가 되어 돈을 쓸 수 있다면 자아를 잃어버리지 않을 만큼을 남기고 쓰기도 한다.

근사하게 '머니 디톡스'라고 부르기로 했다. 몸속 불필요한 지방을 빼거나 비생산적인 온라인 생활을 줄이는 것들이 그렇듯, 돈이라는 독을 빼는 이 길을 앞으로도 겸허히 걸을 수 있으려나. 아마 가능할 거다. 머리를 식히려고 딴짓을 하거나, 며칠 끙끙대며 아무것도 쓰지 못할 때는 나 역시 지독한 불안에 휩싸인다. 그것보다는 물질에 목매지 않는 게 더 손쉬운 해방이었던 것 같다.

희귀종은
희귀종을 알아본다

'이 사람 나와 같은 종족이구나.' 같은 과에 속한 사람을 만나는 드문 일이 일어나면 우리는 금세 알아챈다. 영화 〈악마는 프라다를 입는다〉에서는 우리가 자세히 알지 못하는 패션계의 내막을 낱낱이 보여준다. 비슷한 사람들과 무리 짓다 보면 서로가 아무렇지 않아 보이듯, 적응하지 못하고 겉도는 건 주인공뿐이다. 자신이 이상한 것인지 혹은 저들이 이상한 것인지 일단 낯선 세계에서 아무렇지 않기 위해 질타를 견디며 최소한 비슷하게라도 보이기 위해 따라 하다가 결국엔 자신의 진심을 찾아 원하는 일을 한다.

주변에서 아무리 좋은 일이라고 하더라도 자신에게 맞지 않는 경우란 그런 것이다. 인간이란 내가 정말 원하는 게 뭔지 탐구하는 본능이 있으므로, 참을 수 없이 견디지 못할 때가 온다. 돌이킬 수 없을 때까지 버티기보다는 빠르게 노선을 변경하는 게 나을 순간들이.

비슷한 사람을 주변에 두다 보면 시야가 좁아진다고들 말한다. 난 내 삶이 특별하다기보다는 괴짜 같다고 여기는 편이 더 강해서 가끔가다 비슷한 사람을 만나면 더 배울 점이 있을지, 내가 잘못 생각하고 있는 부분이 있는지 대화하는 걸 즐긴다. 그러다 내가 정립해 가고 있는 생각과 태도와 노력을 이야기라도 할 시간이 생기면 대화를 하며 한 뼘 더 정리되는 기분이 든다. 특히 오래도록 여행을 한 사람들이 그러한데, 서로서로 알아보고 더 나은 선택이 있다면 알려주기도 하면서 온전히 삶에 보탬이 되는 이야기를 나누는 것이다.

이들은 습득력이 남다르다. 처음 만났을 땐 언어를 배워가는 과정이었는데 어느새 강사를 할 정도의 능력을 발휘하거나, 잠시 돈을 마련할 생각으로 했던 인테리어 일에서 만든 디자인이 대단히 돋보여 이젠 필요할 때만 일을 받는다거나, 본디 서글서글한 편인 사람이 여행 가이드를 하며 본인이 원하는 나라를 콕 찝어 다닐 수 있게 된다거나, 평소 관심있어 하던 미술 지식을 공부하다 큐레이터 일을 하게 되거나. 그들이 어느 것에 미쳐있었는지 온화한 얼굴로 말하는 걸 들어 보면 누구보다 능동적인 태도로 삶을 살아낸 사람들이었다. 모두 나보다 오래도록 그런 삶을 살아왔기에 같은 종족을 수집하듯 주변 사람마저 하나같이 비슷한 이들만 있었다. 겹치는 사람도 놀랍도록 많아서 도대체 어떻게 이 생활을 숨기며 살았을까 싶은 놀라움까지 드는 것이다.

제멋대로 다르지만 일치하는 부분이 있다면 자기 자신을 잘 파악하고 있다는 점이다. 옷에 관심이 없어 몇 벌만으로 사는 사람이 있고 옷을 좋아해서 이것저것 입기를 즐기는 사람이 있듯, 제각기 자신이 좋아하는 것에 집중해서 돈과 에너지를 쏟았다. 어떤 것을 먹고 싶은가, 어떤 것을 배우고 싶은가, 그래서 어떤 것을 원하는가. 욕구에 대해 수없이 많은 질문을 하고 자신의 크기를 잰 다음, 필요한 만큼을 채워두기가 자연스럽다. 돈 버는 일은 보수에 맞춰가는 쪽이 아니라 자신이 선택하는 쪽으로 간다. 그래서 서로를 잘 모른다고 서슴없이 말하면서 서로를 잘 알고 있게 된다. 희한한 종족들이다.

이들이 지금까지 주변으로부터 홀대를 받아왔을 수도 있다. 이 삶에 돌입한 사람들은 이미 행복을 향해 걷고 있겠지만, 안정감에서 오는 행복을 최고로 치는 사람 또한 근사한 인생을 사는 것이다. 그러니 맞지 않는 옷을 억지로 입힐 필요는 없다. 걸맞은 옷이 그렇다면 생김새로 비난할 일은 아니니까.

난 이 글로 인해 영역을 넓힐 목적은 아니다. 생각은 해보았다. 인간의 총합이 열이라면 비록 하나 남짓조차 될지 모르는 희귀종이 언젠가 우세종이 되어, 회사에서 일하는 안정적인 삶만이 당연하지만은 않은 세상이 되기도 하려나. 그저 이렇게 살 수밖에 없는 사람이 있거든 그래도 된다고 말하고 싶다. 삶은 살아지는 게 아니라 살아가야 하는 거라고 옅은 응원을 보낸다.

언제까지 그렇게 살래?

가장 많이 들었던 말을 꼽자면 '언제까지 그렇게 살 거니?'가 있다. 삶의 지속에 대한 의미 그대로 보자면 걱정과 염려가 포함된 말이지만, 이 말에 그리 순수한 마음이 담겨 있을 거라고는 생각하지 않는다. 그런데도 해마다 자유로운 삶을 유지하면서 난 확신이 생겼다. 더불어 여기에 가장 걸맞은 대답을 찾게 되었는데 '언제까지고 이렇게 살 거예요.'였다.

나이가 들어가며 주변 사람들은 자신의 소속을 확실히 정하기 시작했다. 정한 뒤에는 지속했다. 앞으로 남아 있을 지난한 생을 어딘가 한 군데 몸담기로 하는 건 내게 너무 어려운 처사였다. 하거나 보고 싶은 게 너무나 많았다. 가까운 사람이나 먼 사람이나 매한가지로 내 삶을 '언제까지'라 기한을 결정짓고 싶어

했지만, 나는 도리어 그 사람들이 진작 결정한 삶에 의문이 들기는 마찬가지였다. 그 생각을 꾹꾹 눌러 삼켜 입 밖으로 내진 않았으나 충분히 할 수 있는 말. '벌써부터 그렇게 살 거야?' 나 역시 함부로 물을 수도 있었다.

여행을 기반으로 세상을 떠다니는 삶은 어떤 걸까. 대부분은 훌쩍 떠나고 싶다는 마음에서 비롯된 여행이 그저 여행만 하며 살고 싶다는 바람으로 바뀐다. 돌아가기 아쉽다는 심정이 되어 미련을 갖지만 결국엔 끌려가는 마음으로 귀국길에 오를 때까지 말이다. 모아놓은 돈을 쓰는 것, 떨어지는 돈을 보는 것, 돈을 벌어야만 한다는 것. 차례대로 떠오르는 심정이 마음을 괴롭힌다. 나라고 예외는 아니다. 혹자는 여행의 아쉬움이야말로 일상을 지속하게 해준다고, 여행은 일종의 일탈이라고 말한다. 그러므로 모두 같은 의문을 가지는 것이 이해된다. 어떻게 저 사람은 현실적인 불안을 제치고 여행을 지속할 수 있을까.

수도 없이 말했지만 난 한국이 미웠다. 별도의 훈련 없이 성인이 되자마자 사회가 개인에게 책임을 전가하는 게 무책임해 보여서 나는 내 나름의 생존 방식을 결정하게 됐다. 공부라는 보조수단을 삶의 전부인 척하는 사회엔 신물이 났다. '모두 다 그렇게 사니까.' '여태 그렇게 해 왔으니까.' 당연스럽게 꾸려진 사회에 소속되고 싶지 않았던 것 같다. '해외라고 다른가.' 꼬리를 무는 질문은 이런 식으로 나를 드러내게 했다. 내가 했던 일과 일을 시작하게 된 경위들, 돈을 벌 만한 수단. 영어 수업 시간을 지독히 싫어하던 내가 영어를 배워야겠다고, 또한 스페인어를 할 수 있어야겠다고 마음먹은 이유가 된 셈이다.

맞다. 해외라고 크게 다르지는 않다. 사람이 모여 사는 곳이라면 어디든 신분은 중요하게 작용한다. 국적과 나이와 애초 하던 직업이 나를 결정짓는다. 외국인을 고용할 이유가 있는지, 고용 비용이 저렴한지, 고용할 만한 가치가 있는지. 그럼에도 방황하는 길 위에서는 언제나 기회가 주어졌다. 내가 가진 능력을 드러낼 기회가. 판단은 어디에서나 고용자의 몫이기 때문에 어디에서나 드러낼 수 있다는 건 기쁜 일이었다. '여행하면서도 크지는 않지만, 돈을 벌 수 있다.' 돌아갈 자리를 맡아주지 않는 상황에 스트레스를 받을 필요가 없었다. 미운 건 미운 부분만 미워하기로 한 뒤에는 한국이 모조리 싫지는 않게 됐다. 내가 보고 싶은, 사랑하는 사람들이 있는 나라였다.

시간은 공평하다. 미래를 알 수 없고, 언제 어느 때 시련이 닥칠지 모른다면 누워서 '그때 무엇을 했어야 했는데.' 같은 말을 되뇌이는 사람이 정녕 내가 원하는 미래인가. 내가 꾸준히 듣는 '언제까지'가 죽는 날까지를 의미한다면 죽음은 두렵지 않다. 하고 싶은 걸 할 때마다 수준에 맞춰 시도해 보면서, 비록 모든 걸 누리진 못했더라도 세상의 꽤 많은 부분을 매만지고 갔다는 생각으로 눈을 감을 것이다. 진정 원하는 일을 했으니 세상을 탐구

하며 즐겁게 살았다고도 말할 것이다.

가진 것을 지키려 하는 사람들은 실로 대단하다. 누구나 당연히 하루하루가 즐거울 수는 없고 그들의 삶에도 내 삶에도 피로가 있다. 그래서 어떤 직책이나 지위에 오른 사람들이 나를 괴이하게 볼 때면 내 삶도 당신처럼 괴롭다고 일부러 거짓을 말하기도 한다. 구태여 잘 버티는 사람들에게 자신의 삶이 잘못되지 않았나 혼란을 일으킬 이유도 없기 때문이다.

가끔 원하는 대답을 정해놓은 채 묻는 질문에 원하는 답을 건네주곤 한다. 힘들죠, 피곤하고요. 여기저기서 빌어먹고 살고 있어요. 그 말을 듣고는 '그럼 그렇지.'라는 표정이 되어 나를 안쓰럽게 보는 사람들. 삶의 궤도는 단순하게 바뀌는 것이 아니기에 어쩌다 이렇게 살아온 나를 정답이라고 생각하지는 않는다. 어떤 삶이나 마냥 행복하거나 마냥 괴롭지 않듯, 세상살이의 방식으로 이런 삶도 있다고 말하고 싶다. 그러나 나는 이 속마음을 결코 겉으로 드러내지는 않는다. 그저 언제까지라도 이렇게 살고 싶다. 힘이 닿는 대로.

주머니 속의 아마추어

작은 성공을 쌓아가는 것과 운 좋게 큰 성공을 쟁취하는 건 결이 사뭇 다르다. 전문가들은 나름대로 크고 작은 실패를 겪으며 자신의 경력을 쌓는다. 업무와 기획을 맡고, 그 일을 도맡아 처리해 보기도 하면서 상응하는 자세를 취하는 경험들. 쌓인 관록은 무시할 수 없다.

같은 일을 지속하다 보면 훈련이 된다. 쉬운 일에 빠르게 적응하는 초반의 페이스를 중반과 후반까지 이어가지 못하면 도태된 것으로 폄하 받기도 한다. 살아남기 위해 발버둥 치다가 어느 순간 발전한 자신을 발견하는 때도 있지만 꾸준히 자기를 연마하는 과정이 없다면 거기까지 도착할 수 없다. 그러므로 반복과 숙달은 지루하지만 필요하다.

냉정하게도 사회에서는 보통 아마추어를 인정해 주지 않는다. 본디 일이란 가격에 맞춰 어수룩하게 짜깁기 된 결과물을 바라는 게 아니라 완벽한 결과물에 대해 가격을 조정하는 형식으로 진행되니까. 그렇다면 난 무엇을 할 수 있을까. 솔직하게 말하면 내가 하는 수많은 직종의 일들이 '누구나' 할 수 있는 일이라는 건 반박할 여지가 없다. 그런 일에서 내게 요구되는 건 적당히 처리되는 결과물인데, 난 누구나 할 수 있는 일을 아무나 할 수는 없는 일로 인식하게 했던 것 같다.

불안정해 보이는 일에 열성을 보이는 사람은 잘 없다. 거기에 조금의 열성을 조미료처럼 보이면 일을 대단히 잘 하는 것으로 보일 수 있게 된다. 예를 들어, 청소를 놓고 보면 무의식적으로 사람은 흠을 찾게 되고 잘 마무리된 것은 당연하게 여긴다. 때에 따라 다르지만 개선 가능성이 있는 곳을 파고들고 귀찮아 하는 것을 대신 해결해 주는 것은 나만 할 수 있는 일이 된다. 사소한 것으로 받을 보상이 당장 눈에 보이지 않는다면 해보는 걸 권하고 싶다. 그게 대단히 어려운 일이 아니라면 말이다. 함부로 범접할 수 없는 구간을 인정하고 할 수 있는 부분을 더욱더 발전시키는 게 아마추어의 일이라면, 할 수 없는 부분을 시도할 용기역시 아마추어의 일이다.

쉽게 경험주의자가 되는 이유는 어디선가 경험한 일이 내게 도움이 되는 때가 많았기에 그렇다. 전력을 다하지 않더라도 어렵지 않게 해내는 나를 보고 있으면, 노력이 요령의 영향을 빌려오는 순간이 많다는 걸 느끼게 된다. 내 몸에 번진 감각이 총동원되는 그런 순간들. 경험에 목마른 이유도 마찬가지고 더 다채로운 재미가 결국 나에겐 종이 위에 쓸 만한 것들로 바뀔 것이라는 걸 안다.

가진 것이 많은 사람은 잃어버릴 것 또한 많다. 취할 것만 취하는 태도는 실리만 추구하는 인간이 되기 십상이다. 내가 주로 잃어버리는 건 인간성이다. 삶이 조금 팍팍해져도 최대한 많은 것을 얻은 뒤 다시 회복하는 형태가 되면 시기별로 참 별로일 때와 모쪼록 근사한 인간으로 돌아오는 나를 확연히 느끼게 된다. 사람에게 치이면서도 독립적인 내 성향을 잃지 않도록 무진 애를 쓰면서 내가 획득한 경험을 기록하고 저장하는 나날. 그중에 잃어버림을 두려워할 만큼의 물질이 없다는 건 축복이 아닐까.

손을 뻗어 내 주머니 속에 무엇이 들어있는지 확인해 본다. 모래처럼 자잘한 수많은 경험과 모자란 기술들. 나는 전문적이지 않은 것을 전문적인 것처럼 힘껏 드러낸다. 돈벌이에 한해서 말이다. 노동 시장에서 결정되는 가치는 아마추어더라도 쓰임이 있는 곳이 있다. 정말 프로가 되길 원하는 나의 모습은 글 쓰는 나, 방랑하는 나, 진정 인간다운 나다.

일은 일로,
삶은 삶으로

어린 시절 작성한 방학 생활 계획표는 지루한 숙제들 가운데 제일 큰 즐거움이었다. 끝까지 지키는 일은 없지만, 일정 기간 동안 이렇게 지내겠다는 다짐, 그 다짐을 아로새기는 습관을 들이기에 알맞았다. 성향은 시절을 타고 자란다. 어떤 사건으로 인해 인생의 큰 축이 뒤틀릴 수도 있고 사라지기도 하다가 다시 복구될 수도 있다.

성인이 된 후 가장 오래 한국에 머물러 있던 것 같다. 출국하기 위해 이것저것 준비하며 그간 만나지 못했던 시인을 오랜만에 만났다. 카페에 앉아 안부와 근황을 묻고, 조심스레 계획을 물어오기에 "올해는 글을 써 보려고요." 늘 해 오던 일을 특별히 해야 하는 일처럼 말했다.

미래라는 건 내 삶에 특별한 무게를 가진 게 아니었다. 걱정과 불안이 들면 '걱정을 해서 걱정이 없어지면 걱정이 없겠네.' 어디선가 주워들었던 티베트 격언을 떠벌리며 물리쳤으니까. 미래는 모르겠고 과거엔 후회가 없고 현재는 언제나 내 것이라는 생각이 힘의 원천인 건가. 그래서 늘 가까운 미래의 큰 틀만 잡고 살았다. 나보다 더 다양하고 많은 미래를 생각하는 사람들은 훨씬 안정적인 삶을 꾸렸음에도 불구하고 불안에 떨었으니까. 먼 것들은 흐릿하기만 하고 삶엔 썩 도움이 되지 않아보였다.

나는 그 앞에서 대략적인 계획을 읊었다. 프랑스로 출국하여 순례길을 걸은 뒤, 내키는 곳에 가서 머물고 아마도 반년쯤 뒤엔 다시 한국에 잠시 올 것 같다고. 그 후로는 호주나 미국 둘 중 하나의 갈래를 골라 넘어갈 것 같다며 떠들었다. 물론 중간에 누구를 만나느냐, 어떻게 흘러가느냐는 그때의 나에게 맡길 것이라 했다. "제가 들었던 올해 계획 중에서 가장 계획적이고 건설적이네요." 그럴 리가! 나는 완전한 즉흥에 날 내던지는 성격은 아니었지만 그렇다고 체계적으로 인생을 꾸려가는 축이라고 생각지도 않았다. 그럼 그가 들었던 다른 사람들의 계획은 도대체 어떤 지경인 걸까.

타인의 무분별한 책망 앞에서 나의 삶은 고단해진다. 어차피 내 삶인 것을, 사람들은 타인의 삶에 끼어들기를 거침없이 하곤 해서 종종 무례해진다. '저 사람은 도대체 어떻게, 어디서 돈을 버는 걸까?' 솔직히 이야기하자면 궁금한 건 그것이겠지. 나의 돈벌이는 무궁무진하다. 이 말의 의미는 내가 '어떤 일이든 할 수 있는' 대단한 능력자가 아니라 '무슨 일이든 가리지 않는' 사람이라 그렇다.

돈을 버는 행위가 구질구질하다고 여길 때도 있지만 그 행위가 숭고하게 보일 적도 때론 있다. 물질을 물질로 보려거든 부수적으로 따라오는 명예와 지위를 무시할 수 있어야 한다. 나도 내가 사랑하는 일에 관해선 명예나 가치를 따진다. 돈벌이에는 그런 것까지 신경 써야 하나 싶은 무심함이 깃들어 있을 뿐이다. 무가치한 일을 하더라도 돈을 받을 수 있다면 내게 가치 있는 일로 바꿀 수 있으니 남는 장사이지 않은가. 그러니까 돈은 그런 것이다. 내가 정녕 가치를 쏟기 충분한 삶을 유지하기 위한 필수 요소. 그렇게 모은 돈은 사랑해 마지않는 일에 쏟는다. 그게 전부다.

개인이 가치를 부여하고 소중히 여기는 건 남들이 판단할 수 없다. 무시하는 말을 대중없이 듣곤 하더라도 내가 의연할 수 있는 건, 대중적이지 않은 것을 하찮다고 여기는 풍조가 대단히 위험하지 않나 생각하기 때문이다. 그러므로 스스로 귀히 감싸는 자신의 애정을 폄하 당한다면 과감히 무시하는 게 가능해진다. 내가 사랑하는 일이 건강한 신념과 고뇌를 거친 후에 신중히 내린 결정이라면 말이다.

"사람이 어떻게 재미있는 일만 하며 살 수 있느냐."며 꾸짖는 사람들이 있었다. 하물며 아무 사이도 아닌 타인도 그러한데 눈앞에 앉은 그는 날 꾸짖지 않았다. "그렇다고 재미없는 일만 하면서 살 수는 없잖아요." 대꾸하거나 애써 말할 필요도 없는 것이었다.

스스로가 황폐해질지언정 걸음을 멈추지 않는 자들을 나는 많이 목격했다. 난 비록 행복에 도달하지 못해 정확히는 알 수 없으나 그게 행복을 위한 여정은 맞다고 느꼈다. 그야말로 그들이 찾은 행복의 최전선은 아닐까.

이제 더는 나의 계획표를 점검해 줄 사람이 없다. 세상살이에 능수능란한 척 살지만 유의미하다 여겼던, 주입받았던 행위로 빽빽이 채운 계획표가 얼마나 지키기 어려웠는지 누구나 진작 겪어봤을 것이다. 숨 쉴 틈 없이 다음과 그다음을 실행하도록 짜인 일정 속 나는 금세 죽어버렸다. 이젠 나의 생활 계획표에는 점검하는 처지의 누군가가 죽도록 미워했던, 무의미한 시간을 얼마나 집어넣을지 고민하고 있다. 그 의미 없는 시간이 없다면 의미는 의미가 될 수 있을까 생각하면서.

직업이 될 수 없는 직업

작가라는 수상쩍은 직업

우연히 어느 시인의 강연에 가게 됐다. "시인은 직업이 될 수 없습니다." 글을 쓰는 일이 삶과 불가분의 관계가 되었기에 그렇다는 걸 내포하는 말이었으나, 나는 책을 내고 나서야 그 말을 사뭇 다른 의미로 절절히 느끼게 됐다.

작가는 과연 직업이라고 부를 수 있는가. 나의 본질을 따졌을 때 그저 여행이 업이라면, 그간 적었던 수많은 출입국신고서의 직업란에다 당당히 '여행자'를 적을 수 있을까. 어떤 출입국 심사대에서는 수입의 출처를 묻기도 한다. 여행은 결코 직업이 될 수 없다. 마찬가지로 '작가'라는 수상쩍은 직업을 해당 칸에 적었을 때는? 저명한 작가가 아니라면 분명 이상하게 생각할지도 모른다. 수입이 불분명한 직업은 이토록 당당할 수가 없다.

'시인'도 응당 그러하지 않을까.

직업이란, 생계를 유지하기 위해 일정 기간 계속하여 종사하는 일을 말한다. 단언컨대 책으로는 돈을 벌 수 없다. 이미 '생계를 유지하는'이란 정의에 어긋난다. 글을 쓰기 위하여 생계를 유지하는 뭇 일들을 전전하곤 하지만 글을 쓰는 행위가 돈을 벌어다 주지는 않는다.

알려진 바로 작가의 인세는 통상 책값의 10% 아래다. 그것도 잘 쳐준 편이고 더 아래인 경우가 많다. 책을 뒤집어 책값을 확인하면 이 사람이 책으로 번 돈이 대충 가늠된다. 그럼 얼마나 팔릴까. 유명 작가들이야 꽤 많은 돈을 벌 수도 있겠지만. 다음 책이 나오기까지의 공백을 생각하면, 아찔하다. 통념 섞인 사회적 연봉의 기준을 한참 밑돌고 말 뿐이다.

그렇기에 나는 그 시인처럼, 북 토크에 모인 많은 사람 앞에서 글쓰기는 돈이 안 된다고 말할 수 있게 됐다. "글쓰기는 인생에 도움이 안 될지도 모릅니다." 인생이 삶을 윤택하게 만들고 행복을 향해 가는 여정이라면 그것 말고는 할 말이 궁하다. "그렇지만 꾸준함은 인생에 도움이 돼요." 오래도록 내가 하고 싶었고 쌓아온 말이 책으로 엮여 세상에 드러나는 건 기쁜 일이다. 인세가 몇이든 얼마나 팔리든 일단 기쁘고 볼 일이다. 거기서 꾸준함은 분명 도움이 되었다. 적어도 내 인생에서는.

다시 일을 관두고, 모아둔 돈을 야금야금 쓰며 글과 밥을 짓다가 글 밥은 영영 먹을 수도 없음을 한탄하면서 이 지독한 저주를 이어나간다. 난 누구에게나 저주가 있다고도 생각한다. 꿈이라는 저주가.

이 글을 쓰는 시점의 나는 이집트에 있다. 입국하기 위해서는 반드시 출입국신고서를 작성해야 하는데, 직업란을 공란으로 두거나 무직이라고 적으면 오해를 사기에 좋다. 일이 없는 여행자에게 직업이란 글자 앞에 머뭇거리게 되는 경우가 허다하다. 허공에 손짓하는 듯 돈을 버는 일이 심심찮게 있다가도 없다. 가장 무난한 것은 학생, 되어 본 적 없는 디자이너나 프로그램 개발자, 요리사 같은 직업을 생각나는 대로 적는다. 출입국신고서에 적힌 나는 마치 배우처럼 수없이 신분을 바꿀 수 있다. 어떤 입국사무소에서도 진실은 확인하지 않는다. 나는 인제 와서야 직업란 앞에 서서 작가라는 글자를 적어본다. 돈벌이가 마땅치 않더라도 말이다.

어떻게 어른이
오백이 없어요?

영화 〈국가대표〉를 보면 세계대회에 나가기 위해 코치가 은행 잔고를 확인하는 장면이 있다. 평소 행실이 어정쩡하고 날티나는 선수 하나가 그 모습을 보곤 쏘아 붙인다. "어떻게 어른이 돈 오백도 없어요?", "없어, 이 새끼야." 감동이니 뭐니 영화의 지리멸렬한 평가는 집어치우고 최고의 명대사는 이것이라 생각한다. 물론 어른이라도 돈 오백이 없을 수 있다.

지금도 나는 오백을 참 어렵게 생각한다. 누군가한테 쉬이 주기엔 손이 떨리고 어렵게 주기에도 신경이 무척 쓰이는 금액. 그리고 지금도 가능할지는 모르겠지만 아주 작은 월세방의 보증금이라도 될 수 있을 금액이다. 오백이라고 하는 건 물론 500만

원으로, 500원의 무게와 다르다. 아르바이트를 기준으로 대충 끼니를 때우고 몸을 굴려 만들면 아마 석 달쯤, 여가 생활과 가끔 먹는 치킨처럼 챙길 것 다 챙기면 넉넉잡아 넉 달은 걸린다. 시간에 비교하면 터무니없이 적게 보이고 노동에 비교하면 큼지막한 목돈이다. 오백을 가볍게 생각하는 사람들은 실로 대단한 사람들일지 모른다.

그렇기에 내가 심리적으로 안정되는 금액의 마지노선은 언제나 오백이었다. 영화 속 감명받은 명대사라서가 아니라 그저 내 지갑에 있다면 다급한 상황이 벌어질 때 무마할 수 있을 만한 액수라서, 당장 어디 내몰려도 단칸방 하나 마련할 수 있을 보루가 되어 그렇다. 앞서 적은 글에 멋진 척 '필요할 때 번다.'고 내뱉었지만 불안 앞에 장사가 어디 있으랴. 나도 한낱 인간인데.

그런 탓에 나의 은행 잔고는 항상 들쭉날쭉하지만 처음으로 오백이 넘었을 때 느낀 안정감은 엄청났다. 그제야 나도 돈을 차곡차곡 쌓는 사람들의 마음을 이해할 수 있게 되었다. 노동에 중독되고 있었다. 거기 따라오는 반작용을 나는 무시하지 않은 사람일 뿐이다. '이 중독은 나의 인생 목표를 위협한다.'

숙련도가 올라가는 기술과 다달이 꽂히는 월급에서 자유로울 수 있을까. 하루하루를 감각하여 살고 싶다는 생각을 한다. 일에 익숙해지면 하루하루가 익숙하게 느껴진다. 그런 생각이 들 무렵이면 일상을 잃는 것이 무서워 일을 관둔다. 겁쟁이나 다름없다. 일하지 않는 자유를 만끽하자는 게 아닌, 시간을 들여 충분한 금전적 여유를 모았는가 점검하는 태도로. 덕분에 다양한 일을 맛본 나는 남들보다 재미있게 살았던 것만 같다. 마치 무대에 선 배우처럼, 그리고 충분한 보상을 받는 형태가 되어서 말이다.

어딘가 많이 허술한 내 인생을 들먹이며 말하고자 하는 바는 스스로의 합리화도 아니요, 이게 인생이라는 멍청한 독선도 아니다. 삶은 정답이 없으니 오답인지 아닌지 일단 확인해 보자고 달려가는 형태를 기록하고 싶어서다.

영화 〈소공녀〉에서 주인공은 집을 포기하는 대신에 담배와 위스키를 향유한다. 비합리적인 선택이다. 그런 틀로 바라보면 우리는 타인의 삶을 아무것도 이해하지 못할 뿐 아니라 이해하고 싶지 않다는 생각에 갇히고 말 테다. 그렇기에 돈벌이에서 중요한 건, 자신이 스스로 결코 포기할 수 없는 무언가가 어떤 것인지를 확실히 알고 있다는 점이어야 한다.

세상은 녹록지 않기 때문에, 인생이 어떻게 흘러갈지도 전혀 알 수 없으므로 어른이라도 오백이 없을 수 있다. 나도 오백이 없는 어른으로 지내보아서 잘 안다. 성인이 된 뒤로 세상이 어른에게 요구하는 책임감은 비단 개인의 문제라고 일컫기엔 너무 부담스럽다. 제 몸 하나를 거느리기에 요구되는 사항이 과하게 느껴진다. 아니면 내가 아직 어른이 아닐 수도 있고.

그깟과 고작

"돈은 언제 벌어요?" 이번에도 듣고 말았다. 여행이 주된 삶이라 빈번히 듣는 질문이다. "필요할 때요." 요령처럼 곧장 내뱉는 대답이다. 그러나 핸드폰을 만지며 누워 있다 보면 마음이 정말 후줄근해져서 '일이라도 해야지.' 생각이 들 때도 있다. 주구장창 여행만 하는 게 삶은 아니지 않나. 그렇게 할 수 있다면 좋으련만, 애석하게도 낭만은 돈이 든다. 불안하지 않냐는 질문은 첫 질문 다음에 꼭 따라붙는다. 그건 미래를 준비하지 않는 사람이라는 전제를 깔고 들어온다. 무례함을 최대한 숨긴 질문이다. 올곧다 믿고 무신경한 인생 철학에 대하여 왈가왈부할 셈은 아니지만 내가 결정한 삶의 형태를 그저 보편적이지 않다는 이유로 평가절하당할 생각은 없다. "돈 때문에 스트레스는 안 받으려고요."

몇 해 전, 내 삶에서 가장 중요한 친구 하나가 내게 부탁을 해왔다. 평소 이런 부탁은 절대 응하지 말라고 당부, 또 당부받은 터라 바로 쳐냈어야 했지만 그럴 수가 없었다. 나는 운전을 하고 있었고 그대로 갓길에 차를 멈춰 전화를 걸었다. "얼마가 필요한데." 그는 우물쭈물 입을 떼지 못하다가 "30만 원…."이라고 말했다. 30만 원이라니. 어디에 쓰는지 들어나 보자. 그의 아버지가 아프다고 했다. 그는 하필 일자리를 잃은 상태였고 보증금이며 모을 수 있는 돈이란 돈을 다 끌어 모았는데 수술비에서 딱 그만큼이 부족하다고 말했다. 나는 곧장 전화를 끊고 50만 원을 송금했다. "다른 사람한테 더 빌릴 셈이면 관두고 나한테 말해. 정말로 돈이 남는다면 그 돈으로 아버지랑 수술 후 맛있는 거 사 먹고." 그는 내게 정말 고맙다고 했다. 그래서 나는 덧붙였다. "고작 30만 원 때문에 연락 끊지나 마."

시간이 흘러 어느 누군가가 돈을 빌려주고 못 받았다는 이야기를 들었을 때 내가 그 일화를 이야기했더니 되레 의심했다. 그깟 30만 원을 빌리자고 그렇게 말했을 리가 없다면서. 의심된다면서. 다분히 무례한 언사였다. 그의 의심은 형편없는 쪽이었고 나는 돈을 빌려 간 친구의 후일담을 굳이 말하진 않았다.

난 돈을 받을 수 있었다. 정확히 석 달 뒤에. 그는 아르바이트를 겸하다 일자리를 다시금 구했고 직장에서 나오는 대출로 괜찮은 옥탑까지 구했다. 우리는 분당에서 만나 술을 한잔했다. 그

때 그의 감정이 어땠는지 묻지 않아도 알 수 있었지만, 친구는 꼭 감사를 입으로 꺼내야만 했다. 고작 30만 원으로 손을 벌릴 때의 기분이 어떤 줄 아냐면서. 그건 몇백을 빌릴 때의 감정보다도 더 비참하다고 했다. 뒤따라올 조롱과 멸시가 예상되기 때문이라고. 나는 가만히 듣다 술을 마셨다. 취하지 않으면 버틸 수 없는 순간이었다. 그저 내가 해 줄 말은 그에게 돈을 건넬 때 일말의 동정을 담지 않았다는 것과 내가 그나마 돈을 줄 수 있는 상태였다는 게 다행이라고 했다.

프리 워커로 산다는 건 돈 앞에 위축된다는 뜻이 아니다. 그러다 이런 일이 닥쳐오면 내가 상대의 입장일 경우를 골똘히 생각하게 만든다. 돈이 없으면 돈이 없는 나를 연민하게 되나. 멀쩡한 상태가 아니라 더는 생계를 이어갈 수 없는 위험이 닥치면 쉽게 무너지려나. 누군가에게 손 벌리기를 극도로 싫어하는 나는, 이렇게 살기로 정한 시점부터 준비 없이 오기만으로 시작했기에 마땅히 볕 들 구석이 없었다.

과거에서 끌고 온 나를 얼마나 데려갈지 정하지는 않았다. 지금 할 수 있는가 생각한 뒤 할 수 있다면 하는 것이다. 해줄 수 없을 때는 해줄 수 없겠지만 말이다. 그건 남의 쓸쓸함을 대변할 수 없다는 걸 뜻한다.

그래서 돈이 얼마가 되었든 '그깟'과 '고작'이라는 단어를 붙여서는 안 된다고 생각한다. 앞으로 타지에서 생활하며 돈이 필요하면 기꺼이 보내준다고 말하는 사람들과, 내 소박한 짐을 맡아줄 친구들이 있다. 어디서든 일할 수 있으니 궁핍한 모습을 내보이지는 않겠지만 그 마음으로도 이미 난 차고 넘치도록 부자가 된 기분에 휩싸여 마음 편한 여행을 다닐 수 있다. 또 어느 누군가 내게 그럼 집이 어디 있느냐는 둥 혹은 돌아와 지낼 곳이 있느냐는 둥 내쳐 물어온다면 당당히 대답할 수도 있다. 나는 어디에서나 살 집이 있다고.

3장

편리함 뒤에도 사람이 있다

편리함은 누군가의
구질구질함으로부터 만들어진다

시골 태생인 나는 배달 음식을 먹는 게 소원이었다. 내가 살던 마을엔 배달은커녕 편의점도 없었다. 짜장면이라도 한 번 먹을라치면 과정은 이랬다. 먼저 자주 가는 짜장면집에 전화를 걸고, 주인 아주머니에게 내 소개를 한껏 하며 어느 동네의 누구임을 알리고, 마당에서 기르는 개의 안부까지 물으며 서로 하하 호호 한바탕 웃다가 아주머니는 "그럼 뭘로 드릴까?" 한다. 간신히 주문에 도달했으나 신속배달은 이미 물 건너갔다. 나는 가족이 먹을 짜장면과 짬뽕이나 볶음밥 같은 식사류부터 개수를 줄줄 읊은 뒤 마지막으로 탕수육까지 추가한다. 주문이 끝났다. 그럼 어떻게 하느냐? 잠자코 기다릴 시간이 없다. 아버지와 함께 외투를 챙겨 입고 음식을 받으러 가기 위해 차에 탄다. 시내는 10km

가 훌쩍 넘었다. 당연히 배달되지 않는 동네였다.

배달은 도시의 특권이다. 도시로 진학하여 첫 배달을 시켰을 때, 막상 음식을 들고 온 배달원을 보곤 '고도로 발달한 미래도시'의 특성으로만 치부했던 배달의 환상이 무참히 깨졌을 때. 그래도 빨간 우비는 참 아니지 않냐고 생각하며 내심 호텔 룸서비스 같은 면모를 기대한 심보가 후줄근해졌다. 그것도 익숙해져서 이젠 뭐든 곧잘 주문한다. 돈을 주면 집 문 앞까지, 말도 하기 싫다면 '문 앞에 두고 가세요' 적으면 확인 문자까지 정성스레 남겨주는 이 서비스가 푼돈 혹은 '배달 팁 무료!' 따위의 문구로 공짜라니. 직접 요리하기 싫어하는 세상의 바쁜 현대인들이 어찌 마다할 수 있겠는가.

또 다른 친구는 배달이 영 어렵다며 앱 쓰는 법을 묻곤 했다. 한참 그렇게 공부해 놓곤 아무래도 배달 음식은 먹지를 못하겠다면서 관두고 그랬다. 가끔의 귀찮음과 당장의 편리함이 맞물릴 때 얼마나 좋은지 모른다고 누차 이야기했지만 "뭐든지 쉬운 세계가 내겐 어려운 거야."라는 대꾸를 들었다. 아차 싶었다. 세상은 이미 편리함에 종속되어 회귀할 수 없게 되어버렸을지도 모른다. 과거 운동선수 최배달의 이름을 빌려 배달의 민족이라고 일컫던, 현대사회를 평하는 자조 섞인 농담이 이제는 온오프라인을 점령한 공룡기업이 되었고 사람들은 배달의 한계를 시험

하고 있다. 커피도 배달이 되냐는 놀라움이 엊그제 같은데 요즘은 줄서서 먹는 유명한 디저트도 집까지 편안하게 배달해 주는 시대다. 거기다 편의점 물품마저 배달이 되는 시대라니 이젠 더 가릴 것이 없다.

한동안 배달 음식을 먹지 않다가 서울에 와서 바쁘단 핑계로 다시 이것저것을 주문해 먹기 시작했다. 날이 갈수록 값비싸고 불균형한 식단에 매몰되어갈 즈음 현생이 위태로워졌고 결국 이렇게 배달 일을 부업으로 시작하게 되었다. 넙죽넙죽 갖다 주는 대로 받을 줄만 알았지 내가 가져다주는 역할이 될지는 꿈에도 몰랐다.

어렴풋이 상상하던 배달의 세계는 유추하던 그 느낌보다도 훨씬 날 서있고 날것의 세계였다. 인간 문명 초기부터 이루어진 재화의 거래 가치가 그 무엇보다 '속도'에 치중된, 그야말로 시간의 값으로 환산된 세상이다. 배달 물품이 시시각각 신선도가 변하는 '음식'이라는 점에서 우리는 '신선한 먹이'를 위해 가려진 위험을 한사코 외면하는 게 아닐까. 분명 편리함은 누군가의 구질구질함으로부터 만들어진다. 통쾌하지도 유쾌하지도 않은 사실이다.

배달 일을 시작하게 된 이유는 단순했다. 새로운 집으로 이사하며 목돈이 나갔고 때마침 이직하게 된 탓에 모아둔 돈을 야금야금 까먹고 있었기 때문이다. 돈을 벌어야지 하는 생각뿐이었다. 이런저런 사유로 마땅한 일자리를 찾지 못하고 곤란한 와중이었다.

당장에 배달 업체에 교육 신청을 했으나 답변은 보름이나 지나서야 도착했다. 도대체 뭘 하길래 이렇게 늦는 건지. 하루빨리 돈을 벌어야 하는 마음으로 괜히 회사에 불만이 일고, 답답함과 짜증으로 도착한 교육 장소엔 온갖 이상한 차림의 사람뿐이었다. 그들은 배달원들이었다. 난 오토바이 헬멧을 벗은 배달원의 모습을 난생처음 보았다. 어디든 프로의 세계는 있는 법. 배달이라고 예외가 있을 리 없다. 차림이 풀어진 무방비의 배달원들은 땀에 절어있었고 머리가 제각기 짓눌렸으며 공간엔 구취와 체취가 뒤범벅되었다. 그들에겐 몸가짐을 정리할 시간조차 없어 보였다. 그러나 담배 연기는 하염없이 피어올랐다.

내가 지원한 곳은 알고 보니 다른 배달 대행 업체보다 웃돈을 준다는 소식이 돌아 경력이 오래된 전업 배달원까지 전부 몰렸다고 한다. 나는 이 세계에서 살아남을 수 있을까. 위험하다며 만류한 주변 사람들의 말이 떠오르고 그때의 나는 왜 그리 멍청했는지 무슨 자신감에 부풀어 여기까지 온 걸까. 하지만 그렇게 생각하지 말아야지. 머뭇거리지 말아야지. 직업에는 귀천이 없다. 나는 여기 돈을 벌러 온 것이다. 꾸준히 나를 설득했다.

진행자는 좁은 공간에 옹기종기 앉은 지원자들에게 꼬투리를 잡을 것이 없나 괜한 지적으로 입을 열었다. 회사의 이미지에 먹칠하지 말아야 한다는 예시를 줄줄 소개하면서. 내가 괜찮은 학생이었다면 진행자는 괜찮은 교육자라 할 수 있을까. 난 여기 앉은 사람들이 전부 같은 생각을 하고 있을 것이라 확신했다. 길쭉한 직사각형 테이블에 둘러앉은 모두와 한 번씩 눈이 마주쳤지만, 진행자의 말은 귀에 들어오지 않았고 자리에 앉은 지원자들의 생각만 메아리처럼 윙윙 울렸다.

을의 세계에 발을 들이다

궁지에 몰린 기분이었다. 수중엔 몇 푼 없는데 나갈 돈은 지치지도 않고 때마다 나를 찾았다. 월세, 식비, 생활에 필요한 각종 부대 비용이 한 달간 쌓여 숫자로 더해졌다. 아니 비싼 옷을 잔뜩 사기를 했나, 매일같이 술 마시기를 했나, 애초에 내가 그리 많은 것을 원해왔던가, 돌이켜보아도 씀씀이가 헤프다거나 할 정도의 삶은 아니었다. 도리어 꽤 악착같이 살았다고 말할 자신도 있다. 돈이다. 그렇게 매일같이 입에 달고 살던 돈이 필요하다. 책을 내든 글을 쓰든 사진을 찍든 내가 하고 싶은 일을 유지하려면 돈이 필요했다. 어느 정도의 성취를 이뤘지 않느냐 말하는 주변인들에게 "그러나 난 이만큼 돈이 없어요." 하며 꾸준히 신세 질 뻔뻔함, 그 변두리를 이루는 염치를 놓지 말아야 했다.

"형, 나 배달이나 해볼까?" 친한 형의 가게였다. 마침 먹음직스럽게 조리한 음식을 잘 포장해 기사님에게 건네는 형에게 물었다. "인생이 재미가 없어? 왜 굳이 위험한 일을 하려 그러는 거야." 형이 눈을 똥그랗게 뜨고 말렸다. 어디 세상에 만만한 것 있나. 일이란 게 모조리 만만치 않은데 왜 배달은 만만히 보고 마는 것이냐. 다행히 나는 남아도는 시간과 더불어 오토바이가 있었다.

인간이 현대의 삶을 이룩하는 과정에 있어 난 배달이 역사 속에서 그 한몫 단단히 챙기고 있었으리라 자신할 수 있다. 이 나라 한국과 같이 배달을 하나의 문화로 돋보이게 일컫는 곳을 차치하더라도 인류에겐 절대 낯설지 않은 것이라고. 원시의 인류가 사냥감을 획득해 옮겨오는 과정, 아프면 약이라도 챙겨 환자에게 전달하는 게 배달이 아니면 무엇인가.

그렇다면 반대로 어째서 배달은 우리가 느끼기에 참 만만한 일이 되었나. 길에서 마주하는 수많은 오토바이의 횡포. 신호위반, 과속, 인도 주행과 같은 여러 범법 행위에서 비롯된 인식. 우리가 오랜 시간 마주한 축적된 경험이 하나의 혐오로 완성되는데 이견이 없다. 나 역시 숱하게 들었다. 젊은 날 배운 것 하나 없이 놀던 아이들은 저런 일을 하게 된다고. 난 놀진 않았다. 배운 것 하나 없는 부분은 맞을지도 모르지만 말이다.

위험성이 없는 일은 없다. 의자에 앉아 컴퓨터만 바라보더라도 허리 디스크와 거북목을 염려해야 하고 야근을 해서 피로가 쌓이면 몸은 비명을 지른다. 그런 것 또한 위험이다. 배달이라는 건 보호할 장비가 열악하며 위험도가 직접 드러나 있기에 그렇게 보일 뿐, 아주 확실한 수요와 공급 관계다. 사실 우리가 돈을 벌고 지급하는 경제활동에 가장 근본적인 관계다. 덕분에 값은 다른 일보다 꽤 직접적이고 투명한 방식으로 산출된다. 세상 사람들은 치열하게 돈 싸움을 하는 셈이다. 내는 사람은 더 적게 치르려 하고 받는 사람은 더 많이 챙기려 한다. 매번 자신을 위해 할당된 위험에 대한 값을 산정하여서.

그리하여 나는 배달을 시작했다. 기초적인 안전교육을 받고, 개인 소유의 오토바이를 가져온 사람에게 들어주는 유상운송보험 약관을 읽고, 전용 프로그램을 핸드폰에 설치해 이용하는 방법을 배웠다. 함께 교육장에 있는 사람은 말 그대로 남녀노소. 미성년이 아니고서 돈벌이에 나설 사람으로는 마땅한 제한이 없었다. '먹이를 옮기고 돈을 받는다.' 이 단순한 진리에 모두가 편승하여 배달이라는 세상의 참가자가 되었다. 속해 있는 동안 난 내가 전 세계를 유랑하며 마주친 사람보다 더 다양한 온갖 군상을 얕고 짧게 만날 수 있었다. 배달 대행사로부터도 을이고 식당으로부터도 을이고 손님으로부터도 을인 입장의, 더불어 배달원을 하찮게 여기는 세상 모든 시선으로부터도 을이 되는 을의 세계에.

악착같이 살아도 억척스러워 보이지는 않도록 중심을 잡는다는 게 쉽지 않은 형편이라면 끊임없이 균형을 찾는 것은 의무일지도 모른다. 내가 생각하는 배달부라는 일은 돈에 한껏 절여진 사람들이 많게 느껴지는 일이었으나 오히려 돈에 너무 관심 없는 이들이 최소한의 시간을 들여 삶을 간신히 건사하는 느낌이기도 했다. 삶의 균형을 못 잡은 사람들이 여기에 있었다. 그리고 나는 일하는 동안 그 속에서 중심을 잡으려 휘청거렸다.

부업과 본업

　어느 아침, 한 케밥 집 앞에서 픽업을 기다릴 때였다. 아마도 다른 지역으로 향할 배달원이 먼저 와서 팔짱을 낀 채 대기하는 중이었다. 그는 젊었고 나와 같은 모델의 오토바이를 끌고 다녔다. 그나 나나 독특한 색의 모델이었기에 분명 서로를 인식하고 있었을 거라 장담한다. 홍대와 마포, 상수와 신촌을 두루 다니며 배달 일을 하는 동안에 나는 그와 수없이 마주쳤다. 그는 나보다 배달에 있어서만큼은 더 전문가다운 분위기를 풍겼다. 그도 그럴 것이 여러 대의 핸드폰과 헬멧에 달린 무전기가 그랬다.

　그는 그 케밥 집 앞에서 자신이 일하는 회사의 무리와 무전하는 듯했다. 훔쳐 들을 생각은 없었으나 이어폰마저 마땅히 마련하지 않은 초보자인 내가 쉴 새 없이 떠드는 그의 말을 듣지 않기란 어려웠다. 아직 마무리되지 않은 그의 하루를 듣자하니 이미 70건의 배달을 쳐냈고 그게 평소보다 적은 양이며 앞으로 점심과 저녁의 피크 타임만 따져도 150건은 가뿐히 넘길 것이란 말이었다. 나는 놀라움을 금할 수 없었다. 저 남자는 도대체 언제 잠자리에 드는 걸까. 배달 경력이 사흘쯤 된 내가 온종일 해도 30건 남짓이 한계라는 걸 생각한다면 그가 세상에 이바지하는 할당량은 실로 어마어마한 숫자였다. 수수료를 떼고 3천 원 정도 받는 일이니 최소로 잡아도 20만 원, 그의 예상대로 하루가 잘 굴러간다면 약 45만 원가량의 일당을 챙길 것이다. 그게 평소보다 적은 양이라고?

어질어질한 돈의 숫자에 고개를 절레절레하며 나는 비결이 뭘까 생각을 했다. 그날 종일 생각을 한 것 같다. 숫자는 솔직하다. 사람들이 배달에 뛰어드는 계기는 보통 직장에서 만족스럽지 않은 급여를 받으며 종일 버티다가 부업으로 시작할 뿐 아닌가 싶었기 때문에 그의 말은 다소 충격이었다. 진심이거나 전력을 다하거나 하면 어떤 일이든 벌이가 넉넉해질 테다. 그러나 삽시간에 바뀔 수 있는 일이 어디 흔한가. 내가 너무 안이하게 시작한 건 아닌가 하는 걱정. 배달의 세계는 역량과 능력이 전부다. 오로지 그것뿐이다.

같은 날 오후, 이대에서 신촌으로 내려오는 오거리 앞이었다. 난 신호가 걸려 멈춰 있었고 오토바이 하나로 차선을 모조리 차지하진 않기 때문에 비어있는 내 곁 공간으로 오토바이 한 대가 붙었다. 나이가 지긋한 중년의 남자였다. 난 궁금했다. 베테랑 같은 이 남자가 오전의 젊은 배달원보다 많은 건수를 쳐낼지, 벌이가 심심치 않을지, 아니 그보다 먼저 혹여 그에게 가정이 있다면 가정을 꾸리기에 이 일이 모자라진 않은지. 직업에 귀천이 없다는 스스로의 신념이 무색하게 무례한 질문이 꼬리를 물었다.

"안녕하세요. 선생님. 오늘 많이 하셨어요?" 모든 걸 압축한 질문에 남자는 조금 놀란 듯했다. "이제 스물넷 다섯 개 정도? 오늘은 평일이라 얼마 없네. 학생이에요?" 아뿔싸, 그마저도 나의 하루 치다. "학생은 아니고 어쩌다 하게 됐네요. 아직 미숙해서 다른 분들은 하루에 얼마나 하시나 궁금했어요.", "숫자에 집착하지 말아요. 주말까지 하면 도긴개긴이야. 무조건 안전하게 해요. 부업으로 하는 거면, 하나 더 하려고 목숨 걸지 말고. 그럼 안전 운전해요." 신호가 바뀌고 우린 서로 다른 방향으로 향했다.

배달 일을 하며 느낀 건데 온종일 평균적으로 잘 팔리는 것을 따지면 토스트와 커피다. 간식으로 좋고 빠르고 그나마 저렴하다. 유독 학생이 밀집한 지역이라 그럴지도 모르겠지만. 일전에 본 젊은 남자를 다시 만난 건 중국인까지 몰려 바글바글한 토스트 가게 앞이었다. 그는 여전히 무전을 하느라 시끄러웠고 자신이 저지른 불법과 경찰을 따돌린 이야기를 하며 자랑을 늘어놓는 중이었다. 짧게 역주행을 하며 횡단보도로 진입했고 미묘한 타이밍으로 옆 골목으로 숨었다는 것이다. 그의 말을 빌리자면 요컨대 도로를 장악했다는 말이었다. 한심한 이야기였지만 나는 공권력이 그만큼 무능하리라 생각하지 않기 때문에 그의 말은 모조리 허세나 허언이라고 여기게 됐다.

매일매일 지긋하게 시간이 쌓이고 내가 어느 정도 일에 능숙해진 뒤, 지나가는 다른 배달원들을 관찰했다. 실제로 위험하게 운행하는 사람은 보는 사람에게 스스로 게임을 한다는 착각을 불러일으켰다. 저러다 크게 다칠 텐데 걱정을 들게 하는. 위험한 곡예 사이로 오락실에 온 듯 착각하고 있는 게 아닌가 하는. 그리고 언젠가 오토바이를 정비하러 정비소에 들렀을 때 내 눈에 익숙한 오토바이가 사고로 전면이 부스러져 한편에 놓여 있었다. 그는 장악한 것일까, 장악당한 것일까.

잠깐 길에서 대화를 나누었던, 부업이라면 안전운전을 우선하라던 중년의 남자는 아주 한참 시간이 흐르고 내가 배달 일을 관두고 나서야 만났다. 내가 가장 처음 배달을 시작해 볼까 고민하던 바로 그 닭꼬치 집에 픽업을 하러 온 모습이었다. 서로 놀라움과 반가움을 섞은 감탄사로 시작해 안부를 물었다. 길다면 길고 짧다면 짧은 시간 배달을 하다 관두었다는 나의 이야기. 여기가 오늘의 마지막 콜이라고, 토끼 같은 딸이 기다린다고, 집으로 얼른 갈 것이라는 그의 이야기.

　중년의 남자가 말했던 본업과 부업에 대해 생각한다. 나에게 일은, 돈을 벌기 위해 하는 모든 일은 부업이 되고 마는 걸까. 그렇다면 여행이나 글쓰기나 사진 같은 게 본업이라고 부를 만큼 잘 하고 있나. 아니면 그냥 업보일 뿐일지 모른다. 보잘것없는 몸뚱이가 밥을 요구하고, 잠을 요구하지 않는다면 돈을 벌지 않고도 하고 싶은 일을 양껏 할 수 있겠지. 그래서 나에게는 돈을 취하는 게 삶의 목적이 될 수 없다.

　삶에서 거역할 수 없을 만큼 매혹적이고 지배적인 돈이라는 숫자. 거기에 목숨 걸지 말라는 그의 말은 나에게 내내 안전을 쥐여줬다. 위험함으로는 늘 저승에 한 발 걸치고 안전을 우선하는 그가 결국 배달 일을 하고 있다. 그를 일컬어 당신은 과연 돈에 거역하고 있다고 말할 수 있을까. 부업이라면 안전을 우선하고 본업이라면 안전을 뒤로한 채 내쳐 달려야 할까. 그래서 당신에겐 지금 이 일이 부업이냐고 본업이냐고 묻고 싶었다.

　내 짧은 판단으로 그의 선택을 그리고 삶을 설명할 수 없다. 결국, 쉬엄쉬엄하니 벌이도 썩 나쁘지 않다는 그의 본업은 부끄러운 나의 부업이어서, 안전하게 끝났으니 다행이라는 그의 말에 닭꼬치를 따로 두 개 더 포장해 집에 가 드시라고 선물로 건넸다. "부디 안전 운행하세요." 하지 못했던 그때의 대답도 건넸다.

원래 어떤 일 하세요?

아침 9시였다. 나중엔 피크 타임에 바짝 열정적이어야 한다는 것을 알았지만 이땐 모를 시절이어서 그저 일찍 일어나기만 하면 콜이 우수수 떨어질 줄로만 알았다. 그러나 웬걸, 아침엔 콜이 적고 설렁설렁 돌아다니는 배달원들이 잔뜩이라 한 시간가량 핸드폰만 바라보고 있을 때도 있었다. 위치고 거리고 간에 뭐라도 잡는 게 나을 지경이었다. 올라오자마자 클릭한 배달지는 홍대의 가장 중심가였다.

도깨비. 내가 난생처음 간 클럽이었다. 젊은 날 클럽이라는 공간을 단 한 번도 가보지 않았다는 게 부끄럽진 않다. 시끄러운 걸 싫어하는 내가 클럽에 들어서면 쓰러지진 않을까. 모두가 떠드는 클럽의 분위기를 건너 듣기만 해도 난 그곳을 좋아하지 않을 것이 분명했다. 그러나 어떤 부류의 공간이라는 건 나름대로 규칙이 있고 흐르는 시간이 있으며 그에 걸맞을 때가 있다 느끼는바, 한 번쯤 가보았어야 했다는 게 아쉬울 따름이다. 살다 보니 어쩌다 이렇게 오긴 했다.

아침 9시란 배달 회사들의 배달이 시작되는 시간, 대부분의 직장인이 출근한 시간, 하루를 본격적으로 준비하는 시간이다. 이 시간에는 브런치나 커피 주문이 가득하다. 나는 양손에 그득 들린 커피가 쏟아지지 않도록 애썼다. 정말 애를 썼다. 클럽의 입구부터 새카맣게 칠해진 계단과 닫힌 문까지 하나도 보이지 않았으니까. 클럽은 칠흑과 같았고 도대체 사람들이 여길 어떻게 찾아 들어가는지 의문이었다. 마침 내부에서 직원이 나왔기에 망정이지 마지막 계단을 헛디뎠다면 대참사였을 것이다.

안쪽까지 부탁드린다는 직원을 따라 들어갔다. 안쪽에는 철 계단이 하나 더 있었고 아래 있는 사람들의 머리칼은 형형색색으로 빛났다. 이제 보니 날 안내한 직원도 만만치 않다. 피어싱은 기본이고 반지와 목걸이, 몸에 붙은 쇠붙이만 봐도 무거울 지경이다.

클럽은 공사 중인 것 같았다. 그래서 쨍한 낮처럼 조명을 켜서 밝았다. 잘은 모르지만, 콘셉트를 바꾸려고 하는지 간접 조명을 이리저리 옮기고 인부 몇 명은 무대 높이를 조절하는 모양이었다. 날 안내한 직원은 테이블 하나를 가리키더니 커피를 놓고 가시면 된다고 했다. 괜히 정신을 못 차린 채 구경하는 것 같아 부랴부랴 테이블로 갔다. "잠시만요." 한 남자가 날 붙잡았다. "바쁘세요?", "아뇨, 아침이라 바쁘진 않아요.", "그럼 잠깐만 도와주실 수 있나요?"

클럽이란 순수 목적지향의 세계다. 춤을 즐기는 사람, 음악을 즐기는 사람, 술을 즐기는 사람, 원나잇을 바라는 사람, 아니면 그 모두가 목적인 사람. 유희나 쾌락으로 점철되어 있긴 하지만 클럽에 가겠다는 건 오늘은 보통보다 흐트러지겠다는 말과도 비슷하게 들린다. 나도 인간이라 가끔 놓아버리고 싶을 때가 있는데 어째선지 항상 쾌락과 싸우면 이성이 이겼다. 그렇기에 나는 그런 곳에 있다는 게 영 어색하고 낯설어서 쭈뼛거렸다.

남자는 나더러 그냥 무대 가운데 서 있으면 된다고 했다. 어리둥절한 내 마음을 알아챘는지 "조명 확인 좀 하게요." 덧붙였다. 나의 옷차림이 제법 반짝이니까 이런저런 조명을 틀어보고 다른 사람들이 보기에 어떤가 확인해 보겠다는 심산이었다. 날향한 조명이 어지럽게 흔들릴 때마다 헬멧이며 조끼며 덩달아 빛을 튕겼다. 나는 가만히 있어도 춤을 추는 기분이었다.

"원래 어떤 일 하세요?" 남자가 물었다. '원래'라고 하니 배달부의 내 차림이 어울리지 않는 건지 혹은 배달부가 원래의 어떤 일은 영영 되지 않는가 하는 건지 헷갈렸다. '원래 하던 일은 클럽에 전혀 올 일이 없는 일이죠.'라고 답하고 싶었지만, 그냥 아무 말도 하지 않았다. "좀 움직여보실래요?" 남자의 질문은 그러니까 가만히 서 있지 말란 거였다. 춤에 종사하는 사람까진 아니더라도 너무 딱딱한 일생이 아니었다면 몸 좀 흔들어보란 말이었다. 헤헤 웃으며 어물쩍 넘기려는 나는 너무 진지했다. 무대를 한 바퀴 걸어보고 흔들흔들 팔과 다리를 제멋대로 움직였다. 헬멧을 쓰고 속엔 터번까지 쓰고 있는 게 참 다행이었다. 안 그러면 터질 듯 새빨개진 얼굴을 들켜버리고 말았을 테다.

무대에서 내려온 내게 남자는 지갑에서 만 원을 꺼내 건넸다. 검지와 중지 사이에 지폐를 끼워서. 나는 양손을 모두 내밀어 돈을 받았다. 그러곤 그가 담배를 물고 있길래 나도 피우고 가도 되겠느냐 물었다. 남자는 잠깐 놀란 눈이 되더니 그러라고 했다. 클럽이 실내 흡연이 되는지 안 되는지 따위는 알 길이 없고, 엔도르핀인지 아드레날린인지 뭔가 나오는 거 같기도 했다. 성인이 되었고, 온전한 정신이었고, 그렇게 남 앞에서 춤을 춰 본 건 처음이었다. 그냥 삐걱대기만 한 느낌이지만 말이다.

"원래 어떤 일 하세요?" 남자는 거듭 물어왔다. 할 말이 궁해서 하는 질문이라는 얼굴은 아니었다. 돈벌이로는 사진을 했었고 삶의 대부분은 여행했고 하고 싶은 일은 글쓰기인데 내가 '원래'라고 규정할 일이 뭔지 난처했다. 가려져 있던 얼굴 아래로 수염이 가득 있어서 물었노라고 그는 말했다. 담배를 피우려고 헬멧과 터번을 벗은 뒤 드러난 나의 얼굴을 보고 한 말이다. 겉모습은 특이할수록 괜히 특별한 일을 할 거 같으니까, 내가 여기 있는 사람들을 보고 느낀 것처럼. 나는 세 가지를 전부 말했다. 거기다 클럽이 난생처음이라고. 남 앞에서 춤을 춘 것도 처음이라고도. "그래요? 영광이네요." 남자가 의미심장한 미소를 얼굴에 띠웠다.

바깥은 오전 열 시도 채 되지 않았다. 교통 버스가 이제야 숨을 돌린 듯 쉬엄쉬엄 다녔다. 전파가 잘 터지지 않는 지하에서 탈출하고 나서도 콜은 마땅히 없었다. 내 눈에는 무엇이 남는지 알 수 없는 공간이었다. 사라지는 것들이 아름답다지만. 목적지향에 충실한 사람이 물어오는 내 삶의 목적이 도리어 희미했다. 그에겐 매일 밤이, 다가오는 아침이 의미가 있을까. 눈이 부셔서 잠깐 쉬다가 받은 명함을 구겨서 버렸다. "한번 놀러 오세요." 엄지와 검지 사이에 끼워져 건네받았던 명함이었다. 언젠가 클럽에 가보아야겠다는 생각을 했지만, 지금은 아니었다.

그의 표정이 종일 마음에 걸려 내가 너무 진지한가 생각했다. 그래서 사람들이 날 어려워하는 걸까. 그냥 생각 없이 가벼워 보이면 그게 친근함을 느끼게 만들 수 있는 걸까. 애당초 이런 생각을 하고 있으니 글렀다. 너무 다른 서로의 삶을 언뜻 살펴본 시간 뒤에 내게 클럽은 더욱더 궁금해지는 공간이 됐다. 남자의 의도야 어쨌든, 검지와 중지 사이가 엄지와 검지 사이로 바뀌었으니 그걸로 만족했다. 마음의 균형을 찾은 느낌이었다.

빗방울의 가격

연희동에서 음식을 건네고 넘어오는 길이었다. 예보대로 소나기가 왔다. 콜을 종료하고 곧장 집으로 핸들을 돌렸다. 비가 오면 절대 운행하지 않는 것. 배달 일을 시작하기 전 스스로 부과한 명령이었다. 비가 안 맞게 오토바이를 들여놓고 헬멧을 닦았다. 젖은 머리를 털다 마침 집을 나서던 룸메이트와 마주쳤다. 룸메이트는 비가 오는 날에 벌이가 더 좋지 않냐 물었고 난 그만큼 더 위험하다고 답했다. 그의 말은 사실이었다. 회사에서는 비가 오면 500원을 더 준다고 했다. 아까 연희동에서 넘어오며 울리는 핸드폰 알림은 매한가지. 마트 따위에서 할 법한 '세일 행사!', '초특가 할인!' 같은 촌스러운 문구로 건당 500원을 더 주겠다며 배달원들을 유혹한다. 비가 올 무렵부터 슬금슬금 콜이 쌓이기 시작했다. 배달 기사들이 하나 둘 퇴근했기 때문이었다.

비가 오기 시작하면 근처에 나가서 간단히 식사를 해결할 사람들까지 죄다 배달을 시킨다. 평소였으면 그러지 않았을 사람들까지 말이다. 비 맞기는 싫고 만들기는 귀찮고 해서 할 수 있는 가장 만만한 건 배달이다. 매일같이 비가 오지도 않으니까. 까짓것 비 오는 날이 얼마나 되겠냐 싶어서 그렇다. 배달원의 성향은 둘로 갈린다. 비가 와서 추가금을 더 받는 것에 기뻐하는 사람과 일을 접고 조용히 들어가는 사람. 나는 후자 쪽이다. 배달 일이 본격적인 사람들은 전자일 것으로 생각했는데, 의외로 일을 마무리 지은 뒤 들어가는 사람이 더욱 많았다. 500원이 적은 돈이라기보다 우천 시 위험도보다 500원은 적은 돈이라 그렇다는 게 내 생각이다.

일찌감치 일을 접고 들어와 파와 양파를 썰어 간단히 볶음밥을 만들어 먹는 내 모습에 관해 절실하지 않다고 꾸짖거든 이 생이 절절하여 그렇다고 말할 것이다. 본인은 위험하니 퇴근한 주제에 배달 음식을 시키는, 그런 몰염치한 짓은 하지 않는다. 난 그게 아무렇지도 않은 일이라 무턱대고 여기던 때도 있었다.

친구네 집에 놀러 갔을 때 친구는 집에 먹을 게 마땅치 않아 시켜먹자고 내게 제안했다. 요즘 세상에 배달 음식으로 하루 식사를 다 때우는 일이야 흔하니 나는 수긍했다. 그날 바깥엔 비가 내리고 있었고 날씨를 확인한 친구는 안 되겠다며 가장 가까운 곳에 일부러 나가 포장을 해왔다. "배달 기사님들 이런 날에 오시려면 위험하잖아." 맞는 말이다.

많은 사람이 비 오는 날에는 운행을 하지 않기도 하지만 배달부가 워낙 많은 탓에 남아 있는 사람 역시 많다. 반면 우천 시 배달의 수는 더할 나위 없이 급증해서 서로가 경쟁하며 괜찮은 콜을 잡지 않더라도 건수를 채우기엔 여유롭다. 단순히 수요와 공급의 문제다. 오직 비가 오기에 그 관계가 역전되는 날이면 가게에선 배달원이 잡히지 않아 안달하고 더불어 고객들 역시 배달이 너무 늦어 불만이 생긴다. 그러나 건수가 많아도 맘 편히 달리지 못하는 게 비 오는 날의 배달원이다. 그리고 그 값은 '고작' 500원이다.

비 오는 날에도 빠짐없이 운행하는 어느 아저씨는 말하길, 그래도 손님들이 배달을 시켜줬으면 좋겠다고 했다. 있는 게 없는 것보다 나아서 비 올 때 일하기로 한 이상 차라리 넘쳐흐르는 콜 중에 좋은 것 붙잡고 다녀야 비 맞는 보람이 있다고 한다. 오롯이 배달 기사의 입장으로만 하는 이야기에 그냥 웃고 말았다. 존중해야지. 빗방울의 가격만큼이라도 더 벌어야 하는 삶도 있는 거니까.

500원, 그래도 이게 쌓이면 만만치 않으니 나도 비 오는 날 한 번쯤 일을 나가볼까 했다. 비가 올 때마다 쉬다니 맘 놓고 그러기엔 당장 눈에 꽂히는 하루 치 벌이가 너무도 매력적이었다.

고민은 비 오는 날마다 계속됐고 또 어느 비 오던 날. 집에 돌아오는 길에 뒷바퀴로 하수구 맨홀을 밟고 거의 자빠지다시피 하고서야 깨달았다. 쭈뼛 서는 머리칼을 빗물로 훔치며 나는 '아서라. 나는 덜 벌고 살련다.' 다행히 다치지 않은 몸과 오토바이를 바로 세워 조심히 돌아왔던 것이다.

비가 올 때 배달을 시키는 사람들의 심정도 헤아려 본다. 일단 자신의 허기를 면하기 위하여 배달을 시켰으니까 얼른 와서 내 배고픔을 해결해 달라는 뜻이다. 비가 오는 건 안중에도 없는 사람이 있고 또는 천천히, 조심히 오라고 적는 사람도 있었다. 충분히 여유를 두고 배달을 시키면 될 것인데 한국에서 배달이라는 단어의 고유 속성엔 '신속'이 달라붙고 만다. '이럴 거면 시키지 않았지.' 시간이 지날수록 그런 생각에 잠겨서. 냉정하지만 맞는 말이다. 이게 옳은 말인지는 모르겠고.

그 후로도 친구는 여전히 비가 오는 날에 배달을 시키지 않았다. 친구의 생각이 어느 정도 옳다고 봐서 나도 비 오는 날에는 될 수 있으면 배달을 시키지 않고 챙겨 오는 게 습관처럼 굳었다. 그러나 시간이 지날수록 이 행동에는 의문이 들었다. 그들의 벌이를 생각지 않고 선심 쓰듯 하는 행동이 배려라고 감히 말하는 걸까? 의문에 대해 결정내린 건 '누군가 나를 위해 다칠 수 있기보다 내 마음이 편한' 방식이라 여기기로 했다. 그래, 역시 맞는 말이다. 이게 배려라면 그건 정말 모르겠다.

빨대를 배달하는 법

배달 대행사 직원은 단도직입적으로 말하겠노라 운을 뗐다. 앞서 다른 누군가 배송한 곳에서 들어온 클레임을 해결해야 한 다고. 이런 서포트는 가끔 있었다. 그리고 그건 대개 누락된 음 식을 배달하는 일이었다. 사이드 메뉴라던가, 소스라던가, 혹은 어처구니없이 주메뉴가 빠질 때도 있다.

"빨대가 빠졌어요." 귀를 의심했다. 카페 음료를 배달했는데 가게에서 실수로 빨대를 빼먹었다는 말이었다. 고객의 머리로는 이해할 수 있는 관념이 배달부의 머리로 이해되지 않을 때가 있 다. 이 업무 또한 그랬다. 그럼 회사에선 어떤 계산이 섰을까.

일단 카페에 도착하고 보니 가게 주인은 발을 동동거리며 나 와 있었다. 빨대 한 벌을 들고서 말이다. 기이한 모습이었다. 버블티용 빨대라고 했다. 전용 빨대가 있어야만 먹을 수 있는 음료라면 이야기가 달라진다. 고객은 다소 곤란할 테지만 그래도 꼭 빨대가 있어야만 하다니. 그리고 다급한 듯, 그러다 혹여 사고가 날까 걱정하는 듯 허리를 끔뻑 숙여 "부탁드립니다." 말하는 주인장의 애타는 표정에 나는 곧장 주소를 찍어 달렸다.

가는 길에 회사의 머리가 되어본다. 재배달이 아닌 환불 절차를 밟는다면 소모 비용이 얼마일까. 배달부에게 지급된 돈만 해도 4천 원씩 둘을 합쳐 벌써 8천 원. 음료값은 평균적으로 잡아 5천 원. 빨대의 값은 빼더라도 사실 인건비가 덜 드는 게 맞긴 하지만 글쎄. 이왕 손해를 보게 된 실수에 대하여 산술적인 값은 후자가 맞겠지. 고객이 화가 많이 났다는 이야기를 상기한다.

'안전하게 배달해 주세요.'라는 기본 문구가 보인다. 빨대를 안전하게 배달하는 법은 무엇일까. 봉투에 고이 담긴 고작 하나의 빨대를 옮기기 위해 오토바이는 매연을 뿜고 있다. 이는 고객의 잘못이 아니다. 명백한 가게의 실수고 책임이다. 그렇다. 이건 책임에 관한 이야기다.

과거의 내가 걸었던 클레임을 되살려본다. 단 한 번의 기억으로, 모차렐라 치즈 떡볶이에 치즈가 빠진 상황이었다. 가게에 전화했더니 주인장은 "그래서 어떻게 해드릴까요." 토씨 하나 틀리지 않고 그렇게 말했다. "어쩌긴요. 가져다주셔야죠." 수화기 너머에서 한숨 소리가 들린다. "그냥 드시면 안 될까요?"

떡볶이야 그냥 먹어도 된다지만 어조는 내게 큰 문제였다. '그럼 환불할게요. 안 뜯었으니 가져가세요.'라는 말이 목구멍까지 차올랐는데 숨을 고른 뒤 차액을 환불받기로 하고 참았다. 그러나 태도에 관한 한, 토를 달지 않고 참을 수 있는 성인군자가 아니었다. 누구나 실수는 할 수 있지만 실수한 뒤에 응대하는 태도는 중요하다.

안전하고 빠르게 배달된 빨대는 내게 아주 볼품없이 들려 빌라 꼭대기까지 갔다. 벨을 누르자마자 신경질적으로 문이 열렸다. 이미 얼음이 다 녹았으며, 소비자원에 신고할 거란 말과 터지는 대로 내뱉는 감정이 문 밖으로 쏟아졌다. 빨대는 빌미나 다름없고 책임을 대신하기 위한 자리에 선 게 내 역할이었다. 내게 할당된 4천 원은 그 값이었다.

길가에 마중까지 나와 있던 카페 사장의 마음이 나는 이해가 간다. 자영업이란 세상에서 가장 힘든 일이라고 생각한다. 잠시 집중하지 못한 대가로 가게 평가는 한순간에 갈리게 될 것이다. 문 앞에 선 나의 대처도 마찬가지였다. 실은 난 그저 빨대만 건네고 가도 된다. 내가 겪었던 어느 직업에서나 늘 그래왔듯 '그건 내 역할이 아니니까.' 무시하고 자릴 떠도 되는 일이었다. 그렇지만 돈을 버는 행위가 날 데려다주는 곳은 사람답게 사는 이

상향의 나라서 잠시 잠깐 배달부인 내가, 사활을 걸었을지도 모르는 가게의 흥망을 결정짓는다면 부디 좋은 쪽으로 지킬 수 있기를 바라게 됐다.

그러니 죄송하다고 말하는 건 이제 내게 너무 쉽다. 저희가 불편을 끼쳐드렸다고 명백한 과실이라고 하는 사무적 대사까지 술술 나온다. 회사에 환불을 요청하거나, 시간을 빼앗아 정말 죄송하지만 확인해 보고 음료를 다시 가져다드릴 수도 있을 거라고 해결책까지 제시한다. 현관 앞에서 아옹다옹한 시간이 실제로는 얼마 되지 않았겠으나 내겐 영원 같기도 했다.

"됐으니 그만 가세요!" 문이 쾅 닫힐 때까지 고개를 조아리면서 난 깨닫게 된다. 이만큼 기분이 상했으니 알아달라는 말을 사람은 이렇게도 할 수 있다. 순간적으로 과잉된 자신의 감정에는 자신을 알아주길 바라는 마음이 스며있지 않을까. 그래서 잘 들어주기만 하면 사람 사이에 생긴 문제 대부분은 해결될 수 있었다. 인간은 타인의 실수를 용납하지 못하는 생물이 아니다. 물론 용서를 못 하는 사람도 있다. 그 이유가 부끄러워서든 사죄가 모자라든 간에 못할 수도 있다. 반대로 실수한 자가 체면을 세워 지키며 실수를 구제할 수는 없다는 걸 알아야만 한다. 실수와 체면과 용서는 이토록 유기적으로 얽혀 있다.

회사 측으로부터 고객님 화가 누그러져 잘 해결되었다고 연락을 받은 뒤, 누구보다 안절부절못하고 있을 가게로 전화를 걸어 상황을 알렸다. "최대한 잘 사과드렸어요. 너무 걱정하지 않으셔도 될 것 같아요." 가게 주인은 안도했다. 이게 빨대 하나 때문에 벌어진 일이라니.

우리가 인간보다 기계를 믿게 된 시대는 서로의 실수를 용서하지 않게 된 날부터가 아닐까. 기술이 진보할수록 인간은 점점 더 흠 있는 제품처럼 보일 테니. 안타깝지만 난 이 글이 결코 자동화된 미래를 막을 수 있으리라고 생각지는 않는다. 그러나 굳이 미래에 먼저 가서 살 필요도 없다고 생각한다. 이건 아직 인간을 믿고 싶다는 말과 같다.

그들만의 왕국

아파트 입구를 찾을 수가 없었다. 입구조차 찾을 수 없는 아파트가 있다. 지하 주차장이 있다면 사람이 산다는 이야기인데 걸어 들어갈 입구가 없다니. 여기 사는 사람들은 모조리 차가 있다는 전제로 사는 걸까. 결국, 지하 주차장으로 들어가 별도의 엘리베이터를 타고 올라간다. 집주인과 가까스로 통화하여 올라갔는데 엘리베이터가 이중 삼중으로 갈아타게 되어 있다. 올라가려니 전용 키가 없으면 불가능하고 도로 내려가려고 해도 키가 없으면 작동하지 않는다. 난 그들만 누릴 수 있는 공중 정원에 갇혀버리고 말았다. 여긴 도대체 뭔가.

신고 버튼을 이용해 경비원과 무전을 거치고 한참 뒤 날 데리러 온 경비원의 체포나 다름없는 보호를 따라 내려간다. 배달은 실패했다. 실패했다니 우스운 이야기지만 실패한 게 맞다. 배송 시간도 이미 늦었고 고객센터의 연락과 함께 폐기, 환불 순서를 거쳐 빠르게 처리됐다. 경비원은 그냥 가라고만 했다. 이 거대한 성은 도대체 뭘까. 건물을 휘감으며 마련된 지하층과 1층, 2층까지. 상가 가운데는 뻥 뚫려있다. 내가 들어갔던 공중의 정원은 모든 곳이 내려다보였지만, 아래에서는 정원이 보이지 않았다. 검색해 보아도 정보가 없고 비록 공중의 정원뿐일지라도 외부인으로서는 아마 최초의 침입자가 아니었을까.

나는 그곳에 몇 번이나 다시 가게 되었다. 악에 받쳐 30분을 써서 입구를 찾았다. 지하 1층 상가 사이로 눈에 띄지 않게 마련된 입구. 구불구불 지나가면 호텔리어 같은 경비원이 날 붙잡는다. 신상 정보를 적는다. 이름과 나이, 주소, 번호까지. 그럼 경비원은 해당 호수의 고객에게 무전기로 연락한다. 배달을 시킨 게 맞냐고. 확인되면 경비원이 직접 나를 인도한다. 자연스레 엘리베이터 앞에 섰더니 그쪽이 아니란다. 비상구를 열고 가리킨 곳에 화물용 엘리베이터가 있다.

이 아파트에 사는 고객들은 하나같이 연락이 닿질 않는다. 나중에 다른 배달부에게 들었지만 아는 사람만 갈 수 있고, 그래서 아무도 가지 않는 아파트다. 시간이 너무 오래 걸리니까. 오토바이는 들어갈 자리가 없어 합정역 인근에 대놓아야 하고 상가 가장 안쪽까지 10분쯤 뛰어야 입구가 나오고. 거기다 경비원까지 거치다 보면 이미 시간은 지날 대로 지나버리니.

　제 신상 정보는 왜 캐물어요? 승강기는 왜 화물이에요? 고객은 왜 전화를 안 받고 무전만 받아요? 묻고 싶은 게 태산인데 알려줄 턱이 있나. 그 아파트가 얼마나 근사하든 얼마나 대단한 사람이 살건 간에 시켜먹는 건 떡볶이 따위로 매한가지다. 이건 공평한 거냐 불공평한 거냐. 금박 장식이 화려한 엘리베이터를 지나 비상구를 연다. 박스가 너저분하게 깔린 화물용 엘리베이터를 다시 탄다. 이건 인도적이냐 비인도적이냐.

　익숙하면 빨라질까 싶었는데 전혀 아니었다. 오토바이를 가장 가까이 댈 수 있는 곳은 2층이라 지하로 돌아내려 가야만 하고 지하에 대자니 너무 멀리 떨어진 주차장이 한참 걷게 만든다. 적으로부터의 공격을 막고자 한다면 성공이다. 머리를 기가 막히게 쓰는 사람이 건축한 게 틀림없다. 결국, 다른 배달부들의 말대로 나는 그곳의 배달을 포기했다. 어쩌다 상세 주소를 제대로 못 보고 콜을 받으면 곧바로 취소를 요청했다. 난 가지 않겠노라고. 회사는 이유를 물었고 화물용 엘리베이터의 사진을 찍어 회사에 보냈더니 군말 없이 취소해 주었다.

　나중에 세상의 온갖 직업을 체험하는 유튜브 채널에 그 아파트가 등장했다. 출연자는 나보다 덜 헤맸으나 배달의 불편함을 지적했다. 아마도 헤매는 부분은 편집되어 저 정도로 그치지 않앉을까. 촬영팀이 따라붙으니 그런지 몰라도 그는 화물용이 아닌 일반 엘리베이터로 안내되었고 비로소 배달을 끝마쳤다. 해당 아파트는 한동안 실시간 검색어에 오르내릴 정도로 화제가 되었다. 댓글로는 아마도 배달 일을 해봤을 누군가가 화물용 엘리베이터의 진실을 고발했고 사실 여부까지 밝혀져 더욱 불타올랐다. 거주자의 안전을 이유로 방문자의 불편을 지나치게 강요한다면 배달을 시키지 말아야 한다는 거였다. 분노한 사람들은 대체로 같은 의견이었다. 도대체 얼마나 대단한 사람이 살길래.

한참이 지나 아파트가 다른 이슈로 문제가 되었을 때, 나는 어떻게 저런 합의가 되었는가 아찔했다. 상대적 저층에 사는 사람들. 그러니까 조금 더 집값이 낮은 저층에는 비상계단이 마련되지 않았다는 사실을 들었을 때다. 그나마 대단한 자들이 모였다고 생각되는 아파트에서도 자기들끼리 급을 나누는 행태가 어처구니없었다. 그래 당신들만을 위한 공중 정원에 들어갔을 때, 올려다볼 수 없고 내려다볼 수만 있게 만든 공간에 들어갔을 때 이건 언젠가 적어야지 하는 생각을 한참이나 품었다.

목숨값 4,011,280원

40일을 일하고 400만 원을 벌었다. 그 기간에 배달 일로 이만큼 벌었다면 누군가는 못마땅해 할지도 모른다. 비교는 쉽다. 벌어지지 않은 위험에 대한 가치는 잘 매겨지지 않으니까. 죽음이란 비로소 죽어야만 고결해진다. 반면 '죽을 수도 있다.'라는 건 전혀 그렇지 않다. 죽음에 대한 노출도가 어느 정도냐 하면, 난 바로 옆 오토바이에 앉아 있던 사람이 차에 치여 날아가는 모습을 보았다.

일을 관둔 게 그 이유뿐은 아니었지만 큰 이유가 되긴 했다. 나는 일을 시작한 지 얼마 되지 않았음에도 불구하고 까마득한 옛날인 듯 첫 마음을 잊고 말았다. 매일 들어오는 돈과 한 건만 더 하자는 욕심은 독이 퍼지듯이 일상에 녹았다. 난 일을 그만두기 위하여 아무 비행기나 저렴한 걸 알아보고 티켓을 예약했다. 일본으로 가는 비행기였다.

영화 〈윤희에게〉를 보았다. 당장에 삿포로로 가자는 말이 나올 만큼 아름다운 영화였다. 우린 농담처럼 하는 말을 농담으로 내버려 두지 않고 실천했다. 더구나 싼 가격의 항공권이 나와 일사천리로 여행이 진행됐다. 당장 며칠 뒤엔 설국이었다. 영화에 등장하는 숙소와 카페와 도시. 그 외에도 이것저것 볼거리를 찾으며 돌아다녔다.

사람은 자신의 처지에 대입하여 세상을 보는 경향이 있다. 주인공 윤희가 하던 일을 관두고 삿포로로 향하는 장면을 보며 나는 보통의 사람이, 특히 삶에서 할 수 있는 일이 더는 마땅히 없다고 느끼는 나이에서 일을 관둔다는 건 어떤 용기인가 떠올렸다. 수입이 없는 게 오직 불안으로 향하는 길이라면 저축은 관둘 용기가 될까. 당분간 모은 돈으로 어떻게 될 거라는 윤희의 말에서 내가 그간 벌게 된 돈을 생각하게 했다. 윤희는 대체 돈을 얼마나 모아뒀기에 그렇게 말할 수 있었을까. 대부분 사람이 평생 일을 하다 죽는 동안 몇몇 사람은 일하지 않고 살기 위해 움직인다. 일하지 않고 산다기보다는 일이라 느끼지 않을 일을 찾아 헤맨다는 게 더 정확하다. 방황의 기간이 길다면, 그런 일을 찾다 적당히 자리 잡는 게 아니라 바꿀 수 없는 나를 확인하는 편이 나은 선택일 수 있다.

난 윤희가 앉았던 자리에 앉아서 팬케이크와 커피를 시켜 배부른 상태가 되었지만, 결코 포기할 수 없다며 나폴리탄 파스타까지 먹었다. 평소라면 낭비라고 생각했을 선택이 그간 고생한 감정을 보상한다면 이왕 즐거운 한 끼 정도야 누릴 자신이 있었다. 길에서는 영화의 장면들이 떠올랐다. 휴가 기간 동안 일자리를 맡아줄 수 없다고 말한 상사에게 '그래, 관둘게.' 결정하는 비장한 표정의 윤희. 자신의 감정에 솔직해지는 윤희. 한 마디 한 마디가 지금 내 삶을 사랑하고 있느냐고 묻는 것만 같다.

한국으로 돌아간 윤희는 새로운 일을 찾아 면접을 보기 직전 살짝 떨리는 마음이 되어 가게 문 앞에 선다. 짧은 여정을 마치고 다시 돈을 벌기 위하여. 인간은 살기 위하여 일하고 살기 위하여 일을 관두는 것만 같다. 사랑을 확인하기 위해 떠났던 윤희가 일을 다시 관둘지는 모른다. 이게 벗어날 수 없는 삶의 굴레라면 난 관두는 걸 무서워하지 않고 싶다.

살다 보면 쉽게 번 돈이 떠오를까 봐 두렵다. 기간 대비 쉽게 벌렸을 뿐, 전혀 쉽지는 않을 위험한 일이 내 선택지로 다시 등장했을 때 고개를 돌릴 수 있으려나. 다치지 않을 수 있던 건 '아직' 다치지 않았기 때문이라는 걸 되새긴다. 영화에 대입해 본 인생이 항상 옳지는 않아서 가상의 삶이 아닌, 현실이기에 머뭇거리고 마는 돈벌이 그리고 퇴직. 400만 원이 아니라 4000만 원을 모을 수 있다 해도 관둘 어떤 무엇. 거룩히 지킬 수 있다면 돈을 버는 날도 지치지 않게 되겠지.

단순하고 직관적인 부류의 노동, 그중 가장 극단에 자리 잡은 배달 일을 하며 인간의 모든 행위가 숫자로 치환된다면 얼마나 끔찍하고 건조한 사회가 완성될지 불 보듯 뻔하다고 느꼈다. 그렇기에 우리는 감정을 말하고 인간을 인간이라고 부르기를 주저하지 않는다. 돈을 더 벌고 싶은 욕심에 취하지 않도록 경계해야 하기로는 가장 어려운 일이었다. 도대체 왜 그 일을 하느냐. 네가 선택한 일이지 않으냐. 그럼 감수해라. 말하는 사람들도 있다.

사람이 먹는 음식은 사람이 사람의 귀찮음을 대신해 배달하고 있다. 사람이 배달하는 음식은 다른 사람이 땀 흘린 노동의 가치를 떼어 주문한 것이다. 세계가 무너지지 않기 위해 우리는 서로가 어떤 약속을 해야 하는지 알고 있다. 우린 같은 인간이지 않은가.

어렵게 번 돈과 쉽게 번 돈의 가치는 같을 수도 아닐 수도 있다. 그리고 난 그 돈을 어차피 하나에 매진해 쏟고 있다. 돈의 향방은 개인이 사는 법에 따라 달라진다. 잘 지내니? 윤희같이 사랑했던 사람이 대상은 아닐지라도 마치 사랑처럼, 사랑해 마지않는 일을 위해서라면 어떤 사람이 되어있을지 궁금하기도 한 나에게 말하고 싶다.

백화점을 빌려
쇼핑하는 사람들

오래된 백화점 지하에서 면접을 봤다. 면접이랄 것도 없고 인적 사항을 확인하는 정도일 뿐 당장이라도 일을 할 사람을 찾는 듯했다. 멀끔하기만 하면 아무 문제가 없다고 말하는 걸 보니. 나 역시 빠르게 돈을 챙기는 게 급선무라 내일이라도 출근하겠다고 말했다. 그렇게 일을 시작하게 됐다.

이전에 일하던 누군가의 유니폼을 받았다. 치수는 아무래도 상관없었고 내가 할 일이 내겐 더 중요했다. 경비원의 이미지는 대개 나이 많은 사람의 몫이라고 떠올리게 된다. 미디어가 아마 그렇게 만들었겠지만. 직업 따위가 어떤 이미지를 형상화하거나 한 개인을 판단할 수 없다고 생각하기 때문에 시간과 보수에 대한 이해가 맞아떨어진다면 난 어느 직업이든 구애받지 않고 하는 편이다. 경비원은 거기 부합하는 일이었다.

백화점에서의 야간 경비 업무는 무척 단순했다. 영업 종료 시각 직전에 출근하여 주간 경비 조에게 특이사항을 인수인계 받고 손님이 전부 나갔는지 확인한 뒤 각 층의 에스컬레이터를 끈다. 그 후 통제소 출입구를 제외한 모든 출입문을 잠근다. 경비 조를 몇 개로 꾸려 날마다 해당 구역을 관리한다. 외부 순찰, 내부 순찰, 주차장 관리, 시설 점검까지. 휴무를 신청하는 날짜가 제각기 달라 매일 경비 조가 바뀌고 담당 구역도 바뀐다. 나는 그 모든 구역을 숙달해야만 했다.

심야 백화점은 생경한 모습이었다. 첫 주에는 경비원 중 가장 숙련된 경비반장과 함께 내부 순찰을 하였는데, 소품과 잡화가 있는 층에서 땀이 송골송골 맺혔다. 백화점이야 워낙 방대한 터라 2인 1조라 하여도 갈라져서 돌아야 샅샅이 살필 수 있었다. 중앙 등이 꺼지고 비상등만 들어온 백화점에서 마주치는 마네킹과 사람 모양 소품들은 사람인 듯 섬뜩했다.

어느 날, 갑작스럽게 무전이 왔다. 나와 순찰을 하던 반장이 관제소를 보던 다른 경비원과 교대한 뒤 부랴부랴 떠나기에 무슨 일이냐 물었더니 VIP가 왔다고 한다. 다시금 층을 내려오며 순찰하다 중간중간 반장에게 다시 온 무전의 내용은 이러했다. "몇 층 에스컬레이터 작동시켜 둘 것." 그럼 부리나케 달려가 에

스컬레이터를 작동시켰다. 해당 층에서 마주친 반장은 누군가와 함께 있었다. 그리곤 마치 그의 비서처럼 펜과 종이를 들곤 그가 가리키는 제품들을 옮겨적기 시작했다. 뒷짐을 진 사내가 고개로 슬쩍 가리키는 것도 놓치지 않고.

백화점 야간 경비원의 일은 '지키는 것'이다. 해당하는 건 거의 물건뿐이지만 그 광경을 보아하니 VIP의 사생활을 지키는 것역시 경비원의 일이라는 생각이 들었다. 백화점에서 누릴 대우가 그의 사회적 지위와 같을지는 알 수 없다. 다만 백화점은 이윤을 추구하는 목적에 충실하여 오로지 이곳에 돈을 얼마나 쓰느냐는 구별로 사람에게 등급을 매기는 셈이다. 나와 전혀 다를 사람의 삶을 상상하느라 드라마를 볼 필요도 없이 눈앞에서 벌어지는 건 명백한 현실이었다. 아마도 이미 같은 용도를 지닌 제품이 그의 집에는 충분히 마련되어 있겠으나 이리저리 돌아보며 마음에 드는 것을 사는 건 기분에 맞춰 환경을 바꾸는 힘일까. 어찌 됐든 돈과 돈의 쓰임새가 사뭇 다른 그와 같은 공간에 있다는 것. 백화점에 빽빽이 들어차 여러 갈래로 구분된 여러 브랜드와 같이 사람이란 모두 다른 인생을 살고 있다.

난 그 모습을 한창 바라보고 있다가 동료에게 덜컥 잡혀갔다. "저런 삶 부럽지? 그런데 쇼핑 방해하면 큰일 나. 얼른 이리와." 그 남자가 한밤중에 별도로 돈을 쓰는 일에 대해, 그의 편리를 위해 경비원이 동원되어야 하는지는 의문이었다. 어쩔 수 없

이 해야만 하는 일인데도 말이다. 그래 그런 삶은 어떠한가. 물
건의 가격이 얼마인지 묻지 않아도 되는 인생이라니. 그저 높게
매겨진 가치의 물건을 가지겠노라 오는 많은 사람을 살펴볼 수
있다니 경비원은 더없이 벅찬 일이다.

　손짓만으로 모든 쇼핑을 마친 남자는 멋진 외제차를 타고 유
유히 떠났다. 아무도 없는 사무실 소파에 한껏 다리를 꼬고 앉아
내게 인생 조언을 읊조리던 반장은 그보다 한참 어려 보이는 사
내의 차가 떠난 뒤로 연신 허리를 굽히고 있었다. 나는 동료와
편의점 도시락을 데워 화단 구석에 앉아 먹으며 그 모습을 바라
보았다.

　밥을 먹고 다시 순찰을 이어가다 미처 보지 못한 사람 모양의
거대한 소품에 화들짝 놀라고 말았다. 동료는 껄껄 웃었고 "뭐가
그렇게 무섭냐, 사람이 더 무섭지." 그렇게 말했다. 나는 사람이
무섭나. 곱씹어 생각해 봐도 사람은 무섭지 않았다. 조금 전 다
녀갔던 남자도, 반장도, 동료도, 노숙자가 있더라도 무섭지는 않
을 것 같다. 경비원의 일은 오로지 지키는 것이었다. 무얼 지킬
지는 차차 생각해 보아야 할 숙제였다.

회장님의 허니버터칩

    연일 방송마다 허니버터칩에 대한 뉴스가 나왔다. 과자 하나가 선풍적인 인기를 끌어온 국민이 그거 한 봉 먹어보겠다고 열을 내던 때였다. 수요 공급의 논리에 따라 되팔이를 하는 이들도 있었고 줄을 서서 구매하려는 사람들도 있었다. 일부 마트에서는 다른 과자를 듬뿍 묶어 함께 파는 악독한 상술을 쓰기도 했다. 그런데 출근해서 보니 통제실에 허니버터칩 한 상자가 놓여 있었다. 상자 겉면에 '회장님 것'이라 큼지막하게 쓰인 채로.

    즉석 음식을 만들어 파는 여사님들은 영업 종료가 가까워지면 남은 음식을 떨이로 팔곤 했지만, 그래도 다 판매되지 않으면 집으로 가져가거나 또 너무 많은 경우엔 경비원들에게 나눠줬다. 빵이나 튀긴 어묵 따위를 받을 땐 나도 식비를 아낄 수 있어 좋았다. 일하는 기간이 늘어나니 여사님들과도 친해져 애정이 어린 폐기 음식을 잔뜩 받았다. "와, 정말 여사님은 솜씨가 정말 좋다니까요." 표정이 다양하지 않은 나의 입에 발린 칭찬에도 하하 호호 좋아해 주셨다. 그런 모습에 반장은 직원들과 너무 친하게 지내지 말라고 내게 말했다. 그도 그럴 것이 우리의 관계는 무척 난해하여 호의를 주고받을 수 없는 관계였기 때문이다.

영업이 종료되고 손님들이 나가면 식료품점 직원들은 뒷정리를 마친 뒤 통제실을 거쳐 지하의 뒷문으로 퇴근한다. 경비원들은 통제실 앞에 줄을 지어서 그들의 가방을 열어 확인한다. 나는 정말 하고 싶지가 않았는데, 그건 경비 일과에 확실히 포함된 일이었다. 이유는 도난품이 있을지 확인하는 처사였겠지만 아마도 백화점에 즐비한 명품을 대상으로 했을 짐 검사가 비인간적이라고 생각됐다. 이것만큼은 차라리 기계에 업무를 위임할 수 있으면 하고 바랐다.

사실 돈을 버는 게 신뢰가 바탕이 되는 경우는 잘 없다. 물론 그런 바탕이 있다면 좋겠지만 보통 거래에 가까운 형태라서 우리는 우리가 맡은 일을 해야 했다. 하필 왜 우리가 그 일을 도맡게 됐을까. 경비원이니까. 내가 하는 경비란, 도난을 미리 방지하고자 하는 행위다.

짐 검사는 어찌 됐든 야간 경비원으로 인간을 상대하는 유일한 시간이나 다름없기에 난 여사님들의 심기를 거스르지 않기 위해 최선을 다했다. 너스레를 떨면서 가방을 보여주십사 부탁하면 별로 신경을 안 쓰며 열어주는 사람도 있고, 어떤 기분 나쁜 일이 있었는지 온갖 신경질을 내며 도둑으로 모는 거냐 쏘아붙이는 사람도 있었다.

그런 와중에 허니버터칩은 제법 값나가는 백화점 식재료들 사이에서도 귀한 존재였다. 동료 경비원들은 그런 유행에 신경 쓰지 않는 사람들이었지만 여사님들은 달랐다. 어느 순간부터 그들의 가방 안에 허니버터칩 한 봉지씩이 들어 있는 걸 보았을 때, 우리는 당연하게도 그들을 쉽게 내보냈다. 그깟 과자가 무슨 문제겠는가. 난 가방을 열며 개인의 사생활을 살펴보는 게 마뜩잖았다. 구하기 귀한 과자라는 건 알고 있었는데 굳이 붙잡진 않았다. 구실도 우습지 않냐면서. 회장님의 명령이 떨어지기 전까지 말이다.

코미디나 다름없었다. 야간 경비원들에게 내려온 공문, 그러니까 내가 일을 시작하고서 받은 첫 공문이 허니버터칩을 무단 반출하지 말라는 지시라니. 회장의 직속 명령을 보아하니 본인도 사지 못한 듯한데 이게 참 모양 빠지는 일이었다. 그날부로 여사님들의 가방 안에서 대상 물품을 색출하여 걸러내니 불만이 대단했다. "아니 이깟 과자 한 봉지가 뭐라고 지금 이걸 빼래!" 자기들은 정당하게 값을 지급했다는 말이다. 대신 매대에 올라가기 전부터 물류 담당자에게 따로 손을 썼겠지만. 부당거래의 현장을 열심히 진압하는 게 나의 일인 경비원의 몫이었고 한편으론 이제는 야식거리를 얻을 수 없겠다는 한숨이 안 나올 수 없었다. "회장님 지시입니다." 허니버터칩을 들고 하는 이 말이 얼마나 미친 소리 같은가.

명분은 영리했다. 얼마 되지 않는 귀한 물량에 직원들이 손을 대면, 허니버터칩을 찾는 고객이 백화점에서 다른 물건을 함께 구매할 잠재적 지출까지 없애는 일이라고 여겼다. 여사님들은 우리에게 뿔이 날 대로 나서 한동안 냉전시대를 맞이하게 됐다. 사람을 상대하는 일이 가장 힘들지만, 업무 때문에 타인에게 받지 않아도 될 미움을 받는 건 서글펐다. 과자 하나 때문에 분노가 태어나고 관계가 망가질 수도 있구나.

그리하여 출근한 뒤 만난 '회장님 것'을 본 나는 헛웃음이 터졌다. 지금 겪고 있는 혼란의 시대가 내 인생을 좌지우지할만한 큰일은 못 되겠지만 이 세상이 어떤 방식으로 돌아가고 있는지는 세계의 축소판으로서 깨우침을 줬다. 직원 모두가 스스로를 별 볼 일 없는 일을 하는 사람이라 칭하며 12층에서부터 지하 4층까지 뚜벅뚜벅 걸어 내려가는 사이, 전혀 볼 일 없을 양반은 허니버터칩을 챙기고 있었다. 반장은 자리를 비우며 상자에 절대 손대지 말라고 엄포를 놓았다. 회장은 반장에게 단 한 봉지라도 주려나. 내게 월급을 주는 건 회장이니 그의 분부대로 얌전히 앉아 이 사태를 돌아보며 웃었다. 동료 하나는 그런 나를 보고 말했다. "정말 지랄이다. 그치?"

버려진 카트를 찾습니다

무전이 울렸다. "길 건너 버스 정류장 하나." 치미는 욕지기를 내뱉으며 정류장을 향해 달렸다. 각 담당 구역의 업무가 다르지만, 주차장 경비 담당의 주된 업무는 카트 수거였다. 외부 순찰조가 백화점 주변을 순회하며 백화점의 쇼핑 카트를 발견하면 어디가 되었든 재빠르게 달려가 거두어 와야 했다. 혹시 모를 보행자의 통행 방해로 인해 민원이 들어오기라도 한다면 상부에서 깨지기 때문이다. 도무지 내 상식선에서 이해할 수 없는 일이었다. 왜 사람들은 쇼핑 카트를 아무 데나 버리고 가는 걸까. 자기가 편한 곳까지 끌고 가서는 되는대로 버려두고 가면 다음 날, 짠! 원상복구가 되어 있으니까. 그러나 그건 온전히 야간 경비원의 몫이다.

운수 좋은 날은 하나도 발견되지 않을 때가 있는데, 어떤 날은 서른 대가 넘는 카트가 무방비하게 흩어져 있을 때도 있다. 가만 보니 군중심리다. 한 명이 바깥으로 요리조리 끌고 나가서 가져가면 다른 하나가 또 따라 하고, 그래도 되는가 보다 하며 너도나도 편승하는 심리. 그런데 도대체 어떻게? 백화점 입구에는 카트를 끌고 멀리 나갈 수 없도록 보호석이 박혀 있다. 쇼핑 카트는 그 돌부리에 걸려 반드시 막히게 되어 있는데 참 대단들 하다.

백화점에서 야간 경비를 하는 사람의 역할은 그냥 건물에 멀뚱히 서 있는 것이 아니다. 백화점의 모든 재산을 지켜야 하는 일이며, 쇼핑 카트도 그중 하나다. 노동자에게 지급되는 인건비도 백화점의 재산이라 지키는 모양인지 나는 최저시급을 받았다. 야간수당이 따로 들어오긴 했지만 말이다.

이 일을 한 지도 몇 달 지나다 보니 난 공항에서 봐 왔던 것처럼 솜씨 좋게 길쭉한 카트를 운전할 줄 아는 운전사가 되었다. 식료품점으로 카트를 끌고 들어가 빈자리마다 채워두고 수량을 점검한다. 개수가 틀리기라도 하면 반장은 이 카트 하나가 얼마인 줄 아느냐면서 당장 찾아오라고 호통을 친다. 직원들은 투덜투덜하며 주변 지역을 훑고, 때로는 공원 근처 풀숲에서 발견하거나 보통은 곳곳의 버스 정류장에서 발견한다.

카트를 모두 찾아낸 뒤엔 홀가분한 마음이 된다. 물건을 잃어버리는 걸 워낙 싫어하기 때문에 나는 무엇이든 잃어버린 것을 되찾은 뒤에 다음 일을 한다. 업무에서도 그랬다. 이 끝나지 않는 싸움이 매일 밤 반복되는 사이 기어이 카트 수량이 맞지 않는 날이 왔다. 이리 세고 저리 세어도 꼭 하나가 부족했다. 이미 반장은 한바탕 잔소리를 한 뒤였고 다음 날 외부 순찰조를 늘렸다가 결국엔 자기가 찾아 나섰다. 카트는 어디에도 보이지 않았다. 어디 바퀴라도 고장 나 치웠는지 주간 조에게 물어보아도 아니라 하고 밤마다 씩씩대는 반장의 꼴을 보아하니 우리에게 책임이라도 물리려나 싶었다. 설마 이렇게 거대한 백화점이 그리 야박할까.

안이한 내 추측을 반박하듯 높으신 분들은 야박했다. 일어난 손해를 대놓고 돈으로 메우라는 말은 아니었지만 CCTV를 확인하라는 명령이었다. 카트가 사라진 시점의 근무처가 주간 조인지 야간 조인지 확실히 구분지으려는 태도였다. 그도 그럴 것이 통제실에서는 내외부의 모든 감시 카메라를 볼 수 있었고 누군가 카트를 훔쳐가는지도 분명 확인했어야 한다는 게 위쪽 입장이었다. 아무리 그게 우리 일이라지만 너무한 것 아닌가. 그러나 상황은 그렇게 돌아가고 있었다. 운영진의 결정이 이성적으로는 맞아떨어진다. 때문에 주간 조 팀장과 야간 조의 반장은 긴장했다. 본인의 탓이 되면 어쩌나 하는 부담감으로 CCTV를 열심히 살핀 결과, 카트 절도는 주간 조의 근무 시간에 벌어진 일로 판

명 났다. 기세가 등등해진 반장이 주간 조를 나무라면서 주간 조
는 야간 조보다 통제실을 지키는 인원도 더 많은데 일 처리를 어
떻게 하느냐고 비꼬았다.

소동은 일단락되었지만 여전히 길가에 버려진 카트를 수거
하는 건 야간 경비원의 업무였고 사람들은 지치지도 않고 쇼핑
카트를 내다 버렸다. 잘못을 저지르는 건 고객들인데 책임은 가
장 말단에 있는 경비들이 짊어져 서로 으르렁대니 씁쓸했다. 우
리가 볼품없는 일을 하는 건 아니었으나 마음을 볼품없게 만들
일이 자주 생겼다. 그러니저러니 해도 해가 뜨면 일이 끝난다.
모두가 출근하는 길은 내 퇴근길이 된다. 지하철역 앞에 앉아 이
것저것 파는 아주머니에게 주먹밥을 사다 말고 나는 백화점의
쇼핑 카트를 봤다. 어느 노숙인이 자신의 짐을 싣고서 카트를 질
질 밀며 가고 있었다. 끝에 내몰린 사람은 과연 누구였을까. 난
그에게서 카트를 뺏지 않았다. 업무 시간이 끝났기 때문이었다.

옥상 혹은 지하 4층

야간 경비원에게는 자정을 기점으로 잠을 자는 시간이 있다. 식사 시간이기도 했는데 보통은 빠르고 간단하게 끼니를 해결하고 시간을 아껴 잠을 잤다. 낮과 밤이 바뀌는 생활이란 몸이 망가지기에 좋다. 야간 근로수당은 나에게 짭짤한 벌이라 스스로 선택한 것임에도 몸은 그 선택을 존중하지 않았다. 하루아침에 리듬을 바꾸기엔 너무나 낮 생활에 길든 몸이 서서히 적응해 갈 무렵, 자정의 짧은 잠조차 편하게 자 보겠다고 동료들은 각자 최고의 장소를 찾아다녔다.

반장은 보통 시원한 통제실에서 근무하니 제외하고 근속일 순으로 장소를 정했다. 에어컨이 나오는 휴게실은 가장 선임자가 잤는데, 굳이 혼자 자는 게 규칙은 아니었지만, 코를 엄청나게 골아서 모두가 그를 피했다. 그다음으로는 문화센터의 찜질방. 넓고 편하지만 외진 곳에 있어 이동시간이 많이 빼앗겼다. 정직원 휴게실도 있다. 다만 거긴 소파가 하나뿐이라 누울 사람도 하나뿐이다. 반대로 꺼리는 곳도 있다. 옥상과 지하 4층. 덥고 모기가 들끓는 곳. 난 치열한 눈치 싸움이 싫어 그곳으로 갔다.

지하 4층보다 옥상을 자주 갔지만 그렇다고 잠들지는 않았다. 애초에 옥상은 잘 곳으로 마땅치 않은 곳이다. 거기엔 자판기 하나와 벤치 하나가 있고 그것만 덩그러니 있는 게 아쉬웠는지 가장자리에 식물을 어설프게 둘러뒀다. 시원한 캔커피를 하나 뽑아 들고 별을 보거나 높은 곳에서 부는 바람을 만끽하곤 했다. 심야에도 도시가 돌아가는 모양을 보면 괜히 감상에 잠겨 도대체 무엇을 지키고 있는가 고민하게 된다. 옥상 바로 아래에 있는 사무실이 시설도, 풍경도 가장 좋다. 옆으로 이어지는 회장실은 굳게 잠겨 있다. 그러나 딱딱한 의자뿐이라서 아무도 없다. 잠이 들기엔 부적합하다는 말이다. 아마 회장실은 회장실답게 엄청 좋지 않을까? 상상하곤 했다.

너무 피곤할 때엔 지하를 내려갔다. 발전기와 환풍기가 왱왱 돌아가는 소리엔 리듬감이 있어서 좀 덥다 한들 잠이 솔솔 온다. 공포영화의 한 장면처럼 초록빛 비상등만 깜빡이는 지하 주차장 한편의 쉼터. 아무도 오지 않는 것에는 이유가 있다. 한층 한 층 거듭될수록 지하는 이상하게 중력이 강해지는 느낌이 있다. 물에 빠진 듯 짓눌리는 느낌 탓에 모두가 답답하다고 했다. 소문도 있었다. 야간 조와 주간 조 사이에 직접적 교류는 없었는데도 드문드문 들려오는 소식들이 있다. 지하 주차장의 주차 요원이 폐병으로 관두었다는 소문 따위가 그랬다. "그래서 보상은 받았대요?" 내가 물었더니 "여기에 그런 게 어디 있어. 당연히 없지." 외주 업체를 끼고 있는 서류상 파견 인원들에게 그런 것은 없다. 인력을 보내는 사람들은 참 편하게 돈을 가로채네. 이런 일을 자주 접할수록 얼마나 돈이라는 게 우스운지. 벌려고 덤벼들거든 왕창 벌어낼 수 있을 것만 같다.

백화점 경비의 일은 고달프지 않다. 사람을 지키는 것이 아니기 때문이다. 만일 사람을 지켜야 한다면 이렇게까지 느슨한 마음일 수 있으려나. 여긴 고작 물건들뿐인데. 한밤중에도 번쩍이는 명품관을 지키는 인간의 가치는 어느 지점일까. 언젠가 큰 맘 먹은 누군가의 손에 붙들려 여길 떠날 것이고, 수시로 리모델링 되는 명품관의 공사 인부들은 하룻밤 안에 일을 끝내기 위해 든든하게 새참을 먹어 둔다는 사실을 누가 알까.

옥상과 지하 4층은 백화점의 끝에서 끝이다. 그래서 그 둘을 떠올리면 양 끝단에 있는 계급아닌 계급이 자연스레 생각난다. 낮엔 명품을 사려고 하는 사람들이 올 것이다. 밤엔 명품을 지켜주는 사람들이 있고, 그들은 명품을 쉽게 떠올리긴 어렵다. 난 어쩌다 평생 인연도 없을 곳에 와서는 일을 하고 돈을 번다. 좋은 물건을 사는 사람들이 쇼핑할 수 있도록 지킨다.

　지하 4층의 쉼터에 누워 청소 아주머니들의 흔적을 본다. 휴게실 중 가장 깨끗하며, 여기저기 놓아둔 주전부리에 다정한 메모를 남겨뒀다. '아들들! 아껴 먹어!' 몇 가지 과자가 담긴 바구니에 누군가 손을 대는 것을 알아채거든 바쁘게 숨기기 급급할 텐데, 기꺼이 모르는 이를 위해 꺼내두는 다정함이 이런 지하에도 있다. 들어갈 수 없어 상상에 그치는 회장실의 풍경과 지하 4층의 더위는 환상과 현실같이 느껴진다. 백화점의 목적 또한 사람들에게 적당한 환상을 챙겨주는 것이니까. 나는 땀을 더위에 삐질삐질 흘리면서도 일어날 생각이 없다. 누구나 꺼리는 가장 밑바닥에서 괄시받는 선한 사람들이 쉬고 있다는 사실만으로 나는 위안과 서글픔을 동시에 얻는다. 내가 사는 세계가 별반 다르지 않다는 것도.

여기 오래 있을 생각이던 사람은
아무도 없어

일을 관두는 사건은 대개 사소하다. 친구들의 말을 들어봐
도, 어느 아무개의 퇴사 이야기를 들어봐도 비슷하다. 안정적인
수입을 쉽게 걷어차는 마음이란 뭘까. 나의 경우에는 고통의 심
지가 불이 붙을 때 그렇다. 경비 일은 내게 꽤 잘 맞는 일이었다.
팀장도 반장도 마음에 들어 했다. 팀장이나 반장이 일을 제대로
하지 않더라도 내 소임은 다 했다. 돈을 위해 일자리를 이용하는
입장을 고수하려면 언제나 관두는 사람이어야 하고 관둬지는 사
람이 되어선 안 된다. 관둬지는 사람은 이 형태를 결코 삶의 방
식이라 일컬을 수 없고 자기 합리화에 그친다는 점을 인식해야
한다.

직장에서 누군가 나를 마음에 들어 한다는 것은 썩 달갑지 않

은 소식이다. 평생직장을 잡는다면 근사한 평가일지도 모르겠지만 그런 평생직장은 다녀본 일이 없어 모르고, 비정규직이나 계약직은 사내 정치가 더욱 치열한 편이라고 생각한다. 유치원이나 놀이터에서 아이들이 노는 모습을 본 적 있을까? 치열하다. 양보가 없다. 사람이 적은 판일수록, 해야 할 일이 다양하지 않을수록 그 판은 치열하다. 내가 하는 일을 더 잘하는 사람이 있으면 관리자의 신뢰가 쉽게 옮겨간다. 누구나 할 수 있는 일이지만 새로 가르치긴 귀찮은 일이라서.

열 명도 되지 않는 백화점 경비원들이 서로 편을 가르는 건 우스웠다. 어느 일을 할 때나 잘 맞는 동료와 맞지 않는 동료가 있기 마련인데, 저마다 너는 어느 쪽이냐 물어오는 통에 나는 아무 편도 아니라고 말했다. 난 잠시 돈을 벌기 위해 여기에 있을 뿐, 이곳의 일이 언제고 쉽게 끝날 것을 알고 있었다. 그래서 되도록 목표한 시간까지 누구의 편도 아니어야 했다. 그렇지 않으면 남은 기간의 근무가 얼마나 피곤해질지 뻔했으니까.

"이제 슬슬 관둘 때가 됐나 봅니다." 반장은 담배를 물었다. "사람을 많이 만났지." 그는 운을 띄웠다. "나도 건장하고 멋질 때가 있어서 대낮에 일했지. 저 정문 회전문 앞에 서서 손님들한테 인사를 하고 백화점 문을 닫고 집에 가는 거야. 그리고 새벽에 아무도 없는 매장문을 열고 순찰했다네. 간밤에 모든 것이 무사한지. 세상은 더 좋아진 걸까 나빠진 걸까. 나는 잘리지 않고 야간 경비원 반장으로 바뀌었어. 나이 든 늙은이를 자르지 않고 야간 경비 조를 만들어준 게 고마웠지. 보답 같았어. 그런데 지금 생각해 보니 감시 카메라도 좋아지고 출동경비도 좋아졌는데 내가 왜 필요할까. 사람들이 더 악랄해졌다는 거야. 우리가 직원용 문에 서서 백화점 직원들이 퇴근할 때 가방을 확인하지 않나. 그리고 이렇게 둘이 순찰하게 된 것도 명품 따위를 가져갈 수 있어 그렇다는 말이라더군. 그거 아나? 여기 오래 있을 생각이었던 사람은 단 하나도 없어."

타인이 나의 삶을 이상하게 보는 것처럼 내가 보기에 직장에 대한 충성은 기괴하다. 새로운 일을 잡으면 어디나 기괴한 사람이 하나쯤 있다고 생각했다. 그러나 기괴한 게 아니었다. 내가 생각하기로 그들은 그저 때를 놓친 사람들이었다. 이 정도면 나쁘지 않다는 사실과 합의하여 금액을 산정하고 패턴에 귀속되기로 한 사람들일 뿐이었다. 그건 나쁜 게 아니다. 그러나 한 직장에 오래 있는 사람들은 세상 어느 직장도 직원의 인생을 책임져주지 않는다는 것을 까맣게 잊어버리고 만다. 내가 이런 삶을 선택한 건 무엇보다 인간이, 그리고 나 자신도 소모품이라 느껴져서다. 내 에너지와 시간은 한정되어 있고 필요할 때 완급조절을 하지 않으면 내 삶은 어느새 돈과 뒤바뀐 것으로 종료될 거라는 걸. 어렴풋이 느낀 위기감의 발동으로 '이번 일은 여기서 종료'라는 결과를 도출하기까지 사람은 어떤 용기를 거쳤을까. 미래를 저당 잡혔다면 내가 얼마나 나약해지려나.

반장은 두 가지를 물었다. 관두는 이유와 앞으로 무엇을 할지였다. 이렇게 일을 떠날 때마다 깨닫게 된다. 왜 일을 관둘 때 사람들은 내게 과거와 미래를 묻는 걸까. 일을 관둔다는 현재에 대해 화를 낸 뒤 말이다. "말씀하시지 않았습니까. 여기 오래 있을 생각이었던 사람은 단 하나도 없다고.", "그래도 그렇게 정말로 관두면 어떻게 하나." 지키고 싶은 것이 있는 사람과 지키고 싶은 것이 생기고 싶지 않은 사람의 대화는 엇비슷하다.

줏대 없고 환경에 약한 사람이 방향을 지키는 법은 원하지 않는 환경에서 벗어나는 일이어야 한다. 돈으로도 해결할 수 없는 문제다. 사실 돈으로도 해결할 수 있을지 모른다고 생각한다. 그러나 보통 그만큼의 돈을 벌게 해줄 직장은 이 세상에 없는 것 같고. 마지막 근무를 마친 뒤 새벽, 유니폼을 반납하고 신발을 벗어 신발장에 올려두고 왔다. 허튼소리를 뱉는 사람들은 그 어떤 이유라도 들먹여서 사람을 괴롭힐지 모른다. 세계의 너비를 백화점으로 잡은 사람들이 세계 속에서 왕이 되고 싶어했다. 어느 곳에서나 살아남을 자신이 있는 난, 어느 직장에서도 오래 있기는 어렵겠다는 생각을 했다.

사장님 가게에 계시죠?

코로나19로 뒤바뀐 세상에서 나 같은 프리 워커가 생존하기
란 여간 힘든 일이 아니었다. 당분간 제주에 살기로 마음먹은
뒤 이런저런 일을 겪었지만 어쩌다 가장 오래도록 하게 된 일이
식자재 회사의 운송 일이다. 무엇보다도 장롱에서 썩고 있던 면
허증을 꺼내 운전을 배워야 했다. 냉동 탑차는 보통 차보다 길
고 뒤가 보이지 않아 숙달된 사람이 아니라면 사고 나기 일쑤니
까. 사수와 함께 제주 전역을 돌며 중간중간 교대해 연습한 탓
에 운전은 금방 늘었는데, 전화가 끊이지 않는 게 더 걱정이었
다.

모두 식당의 사장님들이었다. 도대체 언제 오느냐는 독촉이
많았다. 소비자 입장으로는 '그럼 하루 전에 진작 주문할 것이

지.'라는 심정이었으나 소비자는 되려 그쪽이었다. 우린 항상 무선 이어폰을 한쪽 귀에 꽂고 다녔다. 운전하는 내내 누군가의 분개를 들어주기 위하여.

내게 일을 가르쳐 준 사수는 온화한 양반이었다. 나와 마찬가지로 지긋지긋하도록 여행을 한 탓에 닮은 구석이 참 많았고, 어쩌면 나보다도 훨씬 이르게 '어느 곳에서나 일하며 살 수 있다.'라는 생각을 실천한 사람일지도 몰랐다. 드물지만 같은 성향의 사람과 일을 하는 게 좋았다. 그는 일머리가 좋아 내게 육가공의 기본적인 업무를 교육하면서 앞으로 닥칠 거래처의 불만을 다스리는 법도 가르쳤다. 내가 생각 외로 운전에 재능이 있어 빠르게 배송을 마치고 돌아오는 걸 사장은 참 좋아했다. 길을 잘 외우다 보니 지도를 보느라 시간을 낭비하지도 않고 물품을 여러 번 확인한 덕에 오배송도 없었다. 그런데 문제는 늘 엉뚱한 곳에서 터진다. 일을 잘 하고 못하고는 아무 상관 없는 문제였으니 말이다.

회사와 오래 거래한 국숫집 하나가 있었다. 사장의 어머니와 아는 사이라던가. 국숫집의 특성상 납품받는 재료 자체는 많지 않았지만 유명한 식당이라 사람이 많이 드나드는 곳이었다. 매일 식재료 한 상자를 받는데 골치 아픈 조건이 붙었다. '손님이 많을 땐 들어오지 말 것.' 정말 웃긴 말 아닌가. 그래, 처음엔 요구를 들어주자 싶어 굳이 좁은 골목 안까지 들어가 손님 수를 가늠했다. 애당초 점심시간에 걸리면 아예 넘기고 오후에 가거나, 아침 일찍 가는 편을 택했다. 하지만 운전이라는 일이 정확하게 시간을 맞출 수 있는 일은 아니지 않은가. 늦으면 늦어서 욕을 먹고, 이르면 문을 열지 않았다 욕을 먹고, 손님이 많으면 많다고 욕을 먹었다.

할 수 있는 대로 요령껏 아부하거나 죄송하다고 사죄를 하다가 가게에 미리 전화하기 시작했다. "사장님, 지금 가도 될까요?" 그것도 한두 번이지 이제는 기어코 바쁜데 전화를 하느냐고 윽박질렀다. 도대체 얼마나 장사가 잘 되길래 그러나. 궁금해서 찾아봤더니 냉담할 줄 알았던 후기가 극찬으로 가득해 어안이 벙벙했다. 친절하다고. 그제야 깨달았다. 아, 이 사람은 날 막대해도 되는 사람으로 여기는 거구나.

사수에게 이러저러하다고 하소연을 했다. 나는 그에게 거기 참 서러운 기분이 든다고 했다. "사람이라면 사람한테 그러면 안 되는 건데, 그렇게 홀대하면 안 되는 건데." 사수는 말했다. 국숫집 주인은 자신에게 돈을 벌어다 주는 손님들에게만큼은 깍듯하게 했다. 그렇다면 우리는 회사에 돈을 벌어다 주는 사장에게 깍듯해야만 하는 걸까. 남의 돈 벌기가 쉬운 게 아니라고 그가 말했다. 일터에선 흔한 말인데 어찌나 그 말이 와 닿았는지 좀 처연해졌다.

　장마가 오던 날이었다. 비를 쫄딱 맞은 채 어깨에 상자를 이고 뒷문을 여는데 문이 잠겨 있었다. 주인은 앞으로 돌아 들어오라며 빽 소리를 질렀고 돌아 앞문까지 갔더니 상자가 금세 젖어 뭉개졌다. 몸에서는 빗물이 뚝뚝 떨어졌다. 주인이 말했다. 문고장 나게 왜 자꾸 당기느냐고. 늘 뒷문으로 들어갔으니 열려 있을 줄 알았다고. 입장을 주거니 받거니 하다 주인이 말했다. "아니 이렇게 비가 많이 오는데 왜 뒷문을 열어두겠어. 머리를 못쓰니 몸이 고생이라고 그러니 그런 일이나 하지…." 참기가 어려운 말이었다. "사장님, 말씀이 참 고약하네요."

　회사에 연락해서 당장 잘라버리겠다는 주인의 고함을 손님들도 들었을까. 처참한 기분이 되어 운전대에 앉아 젖은 머리를 닦다가 다 관두고 전화를 기다렸다. 몇 분 지나지 않아 매섭게 전화가 걸려오고 나의 사장은 무슨 짓을 한 거냐고 난리를 피웠다. 난 한참 그의 말을 듣다가 화가 잠잠해질 즈음 차근차근 방금 여기서 일어난 일을 말했다. 입을 꾹 다물고 대답하지 않던 사장은 사실 확인을 하겠다며 전화를 끊었다.

　회사의 어수선한 분위기 속에 다가가 듣자 하니, 아까 사장이 전화로 국숫집과 아주 크게 싸웠다면서 그럼 거래 끊자고 엄포를 놓았는데 이렇게까지 신선한 재료를 보내주는 곳 없다며 금방 꼬리를 내리더란다. 이 후줄근하고 빈약한 상하관계에 헛웃음이 터져 사수가 건네는 담배를 물었다. 어차피 이렇게 될 것을, 왜 남을 괴롭게 하지 못해 안달인지 우린 함께 한숨을 쉬었다.

태풍에도 배송은
해야 한답니다

제주 사람들은 태풍이라면 치를 떨었다. 몇몇 태풍이 엄청난 기억을 남겼고 그 중 태풍 '매미'는 제주뿐 아니라 한국 전역에 큰 손해를 끼쳤으니 따로 설명하지 않아도 모두 안다. 그러나 섬은 모든 태풍에 취약했다. 사람들은 육지에 피해가 발생하지 않으면 기억을 못 한다고, 섬사람들은 입버릇처럼 말했다. 뭐 태풍이래 봤자 얼마나 강하겠나 했다. 루사를 겪고, 볼라벤을 겪고, 매미를 겪었으니 태풍이 크다 한들 어느 수준인지 누구나 가늠할 텐데.

'바비'가 온다고 했다. 이미 장마에 접어들어 전날부터 일찍이 운행을 주의하라는 지시가 떨어져 있었다. 막상 당일 출근 시간부터 말도 안 되는 풍경이 펼쳐져 있었다. 모든 것이 날아다니고 있었고 뉴스에서는 어디 전신주가 넘어져 운행 불가, 자동차가 뒤집힌 서귀포의 어느 동네 영상을 틀고 있었다. "사장님, 오늘 출근 하나요?", "출근해야지. 발주 들어왔어." 난 전화를 끊고 출근했다. 동료들은 회사 흡연실에 모여 회사 욕을 하고 있었다. 지랄 맞게 이런 날 출근 시킨다고. 발주가 들어오긴 했다는데, 어느 식당인지 가서 한소리 해야 한다면서. "이런 날에 무슨 손님이 온다고 장사를 해?" 그 말엔 동의할 수밖에 없었다. 이런 날씨에 누가 밥을 먹자고 식당에 나서나.

결국, 비를 쫄딱 맞은 사장이 그제야 사태를 알아채고 가위바위보를 제안했다. "어차피 가긴 가야 하는데, 모두 발주할 물건 챙겨주고 다 퇴근하자. 배송할 두 명만 고르면 돼." 나는 이러나저러나 회사에서 집이 가까우니 남으려 했는데, 말을 꺼내기 전에 사장은 덧붙였다. "오늘은 추가수당으로 일당 두 배로 쳐 준다." 잠깐 기다리길 잘했다는 생각이었다.

발주 목록은 참 빈약했다. 그리고 생각 외로 제주도는 꽤 크다. 열 군데가 채 되지 않는 발주량에서 바랐던 건 먼 구역까지 가지 않도록 발주한 식당이 부디 몰려 있는 것. 그러나 태풍은 날 놀릴 심산인지 원래 가던 대로 기어이 제주를 한 바퀴 돌게 했다. 난 외곽을 돌고 동료는 제주 시내를 도맡아 돌기로 했다. 출발하며 말하기를, "우리, 살아서 만나요." 비바람이 더 심해지고 있었다. 바비가 서서히 상륙하는 모양이었다. 난항을 겪을 것으로 예상했으나 텅 빈 도로는 오히려 괜찮은 기분으로 날 이끌었다. 한 치 앞도 보이지 않는 폭풍우 사이에서 뭐라도 튀어나올까 봐 비상등을 켜고 운전했다. 아무리 차가 없어도 과속은 금물이었다.

몇몇 신호등이 기괴한 모양으로 파괴되어 있었다. 전쟁을 방불케 하는 모습으로 엿가락처럼 휘어, 난 신호가 없는 사거리를 눈치 보며 슬금슬금 지나갔다. 동생에게 전화가 걸려왔다. "형, 이게 맞아요? 벌써 팬티까지 싹 젖었어." 나는 웃음이 터져 낄낄거렸다. 사고만 안 나면 다행이라고. 서로서로 걱정하며 몇 번 전화하다, 우리는 계속 통화를 하며 가기로 했다. 혹시라도 무슨 일이 생기면 구급차도 출동하지 않을 거라는 게 이유였다. 나 역시 옷이며 속옷이며 전부 젖은 상태로 운전을 하는데 전화를 하다 말고 소리를 질렀다. "으악!", "형 무슨 일이에요?" 빗물에 미끄러져 차가 한 바퀴 돌았고 그대로 멈춰 핸들을 안았다. 와이퍼가 끼익 끼익하는 소리. 바람에 쓰러진 중앙분리대를 피하려다 차가 흔들렸다. 진행 방향 반대로 차가 멈춰 있었지만, 도로엔 아무도 없었기에 별문제는 없었다. "방금 죽을 뻔했어."

시내는 복잡하긴 해도 가게가 오밀조밀 모여 있어 동료의 배송이 훨씬 빨리 끝났다. 난 브레이크도 잘 먹지 않고 물웅덩이가 언제 나타날지 모르는 탓에 먼 거리를 거북이걸음으로 달렸다. 한림과 협재, 모슬포와 사계, 서귀포와 남원까지. 남쪽으로 내려

갈수록 태풍의 피해는 눈 뜨고 보지 못할 것으로 바뀌었다. 뒤집힌 차들을 경찰이 고생스레 수습하고 있었고 물을 퍼내느라 정신없는 상인들이 있었다. 어처구니없는 일이지만 발주를 넣은 가게 주인들은 거의 자리에 없었다.

"사장님, 도착했는데 어디에 계십니까.", "아니, 내가 전화하는 걸 까먹긴 했는데. 이런 날에 누가 장사를 하겠어!" 적반하장이었다. 어떤 가게의 경우엔 비바람이 너무 심해져 어쩔 수 없이 들어갔다며 미안해하기라도 했는데 대개는 그랬다. 마지막으로 성산까지 들러 물건을 전달한 뒤 함덕으로 돌아왔다. 회사에 들어가 전달되지 못한 식재료를 다시 냉동 창고에 넣어 두려 하는데 동생이 흡연실에서 담배를 태우다 말고 달려 나왔다. 이 궂은 날에 함께 고생한 얼굴은 사뭇 전우애가 느껴졌다. 퇴근을 먼저 했어도 될 동료와 상자를 함께 나르고 이왕 어차피 젖은 거 밖에서 피우자며 담배를 물었다.

우린 서로 오늘 있었던 일을 마저 말했다. 나와 같은 경우로 문을 닫은 채 적반하장인 가게, 연락조차 되지 않던 가게들. 우리는 거기까지 말한 뒤 짐짓 처연해져 수당이 두 배인 것과 관계없이 아무 기쁨도 없었다. 나는 사장에게 전화를 걸어 배달을 완료한 곳과 하지 못한 곳을 전달한 뒤 그저 수고했다는 말을 들었을 뿐이다. 만일 빗길에 미끄러져 사고라도 났다면, 바로 그다음 배달을 받을 사람은 자신의 전화 한 통이 초래한 게으름 때문에 사고가 난 것을 미안해할까. "참 너무들 하지.", "그러게요." 담배는 빗물에 꺼져버렸다. 다시 불이 붙진 않을 것이라 둘 다 내버렸다. "이제 집에 가자. 고생했다 우리." 비를 피하면서 비를 구경하는 건 언제나 기분이 좋다. 내가 비를 맞는 처지가 아니라서 그럴 것이다.

불법 주정차를 하지 않으면

차가운 냉동 적재함에서 신선 식품을 신속하게 운반하기 위해서는 차량을 가게 옆으로 바짝 붙여야만 한다. 가능하면 외부노출을 줄이기 위함이 명목이지만 여러 가게를 돌아야 하니 체력을 효율적으로 쓰기 위해서다. 제주도민이 아닌 관광객들은 제주의 도로가 널찍하다고 착각하는 경우가 많다. 그러나 식당의 경우 사람이 많이 거주하는 시내에 자리 잡은 곳이 더 많다. 물론 섬의 외곽지는 수월하게 차량을 대고 통행을 방해하지 않는 선에서 해결되는데 아침의 시내 골목은 분주하게 움직이는 화물차들뿐이다. 간밤에 떨어진 술을 채우러 오는 주류 차량, 채소나 과일을 싣고 오는 차량, 커피 원두나 음료를 제조할 때 쓰이는 파우더 등을 나르기도 하고 프랜차이즈에서 이미 포장된

반조리도 있다. 다른 회사의 기사님을 자주 마주치다 보니 서로 안부를 묻는 경우도 더러 있다.

차가 가까스로 진입할 골목에서 배송기사들끼리는 서로 약속이나 한 듯 양보하지만, 눈이 마주치면 다짜고짜 경적을 울리는 사람들도 있다. 일반 시민들이야 사실 길을 막고 짐을 옮기는 배송기사를 달갑게 보지 않을 것이다. 하지만 정말 부득이한 경우가 아니라면 대다수의 기사님이 최대한 통행에 방해되지 않도록 노력하고 있음을 알아줬으면 싶다. 상자 하나쯤이야 좀 멀다 해도 어찌어찌 옮길 수 있겠으나 주류 업체를 제외하고 보통 조수는 없다. 수레에도 다 실리지 않을 양을 옮길 땐 혼자서 모든 것을 옮겨야 한다. 불법 주정차는 '불법'이다. 애써 말을 해도 변명이다.

운전사일 때도 있고 아닐 때도 있는 나는 그렇다. 중간에 끼인 위치가 얼마나 지저분한지. 가게 주인들은 배송기사가 자기 가게에 가장 먼저 와서 빨리 물건을 정리하고 사라졌으면 좋겠고, 시민은 배송 차량이 길을 점거하지 않았으면 좋겠고, 회사는 불법 주정차를 가능한 피하라고 하는데. 배송기사는? 돈을 벌고 싶을 뿐이다. 일하는 동안 내 몸에 삽시간에 달라붙은 근육이 그 증거다. 길을 막지 않기 위해, 빠르게 다음 가게로 가기 위해, 합법적인 것은 내 몸뚱이를 태우는 일밖에 없지 않은가.

이 딜레마 끝에서 요령껏 살아남는 데 누구도 보탬이 되는 일이 없었다. 딱지라도 떼이면 그건 배송기사의 일진이 사나운 것이라고 떠넘기고 마는데, 어느 누가 열심히 일할 수 있을까. 시간이 넉넉하기라도 하면, 인원이 많기라도 하면, 그래. 벌금이라도 내도록 돈을 더 준다면 말이다. 군소리를 들으며 '죄송합니다.'가 입에 붙었다. 이런 탓에 운전 기술은 나날이 늘었다. 나쁜 소리 듣길 좋아하는 사람은 없다. 그럼 골목을 뱅글뱅글 돌아서라도 어떻게든 멋지게 합법 주정차에 성공해낸다.

그게 영 어려운 식당이 하나 있었다. 구시가지에 자리 잡은 파스타 집이었는데 중심가를 관통하는 도로 앞이었다. 차선이 하나뿐인 도로는 평소에도 길이 막히는 터라 주차는커녕 지나가기도 어려운 그곳을 향할 때마다 긴장하지 않을 수 없었다. 주차장은 없었다. 땅값이 비싼 이유일지, 빽빽이 채워진 건물을 없애버리고 차를 위한 공터를 만들기 어려울 테니까. 전화를 걸어 사수에게 조언을 구하니 그냥 비상등을 켜고 멈춰버리라고 했다. "그쪽은 답이 없어. 그러지 않으면 배달할 방도가 없는걸." 나는 그 말대로 도로 한복판에 차를 잠시 정차하고 재빠르게 상자를 빼내 옮겼다. 문제는 주인이 대단한 사람이라는 것.

가게 주인은 언제나 트집을 잡았다. 식재료를 꺼내서 품질을 따졌다. 내가 길을 막은 탓에 경적을 쉼 없이 울려대는 뒤차들을 무시하면서 말이다. 객관적으로 봤을 때 그 가게는 장사가 잘 안 되었다. 예약제라고 적혀 있는 가게 문을 열 때마다 '과연 이 가게에 예약할까?' 같은 생각이 들 정도였으니. 손님이 있는 것을 본 일이 손에 꼽기에 주인은 매번 나를 붙들고 늘어졌다. 몇 번은 차를 빨리 빼줘야 한다는 빌미로 금세 도망치기도 했지만 그마저 몇 번뿐, 가게 앞에다 차를 대는 것도 고깝다는 투였고 결국 한동안 실랑이를 하고 나면 그제야 나와서 운전대를 잡을 수 있었다. 기다리던 뒤쪽 차량에서는 욕설이 쉽게 나왔다. 이해가 된다. 얼마나 답답할지가.

임시 정차로 인해 미안함을 한껏 드러내던 나는 금세 무덤덤하고 뻔뻔한 나로 전락하고 말았다. 불과 한 달 만에. 도대체 나보고 어쩌라는 거냐는 생각이 들었다. 다들 나에게 책임을 묻는 것 같은 상황에서 떳떳할 수 있는 시기란 언제쯤 오려나. 사슬에 묶인 기분에 잠기지 않도록 마모되길 택한다. 욕과 분노를 설렁설렁 흘리고 고작 이런 순간이 상처가 되지 않도록 무덤덤해진다. 어떤 일을 하든 이런 순간이 도래할 때 처연하다. 기계가 대신할 수 없는 일을 하면서 기계가 되어가는 자신을 인식할 때 말이다. 그리고 그건 어느 일에서나 피할 수 없는 노동의 숙명 같은 게 아닐까.

기사 식당에 못 가는 기사

나에게도 운전사들이라면 맛집을 잘 알 거라는 통념이 있었다. 그거야 식사하는 정도의 시간에 영향을 받지 않는 화물이나 그렇고, 나는 냉동 탑차 운전기사라 해당 사항이 없다. 시동을 끄면 화물칸에 돌아가는 에어컨이 함께 멈추니 밥은 고사하고 뭐라도 살 시간이 되면 다행이었다. 주로 애용하는 식당은 맥도날드. 드라이브 스루로. 아니면 매일같이 배송하는 김밥집 사장님께 전화를 걸어 포장을 부탁해 두기도 한다. 신호가 멈췄을 때 한 입씩 먹거나, 복잡한 시내를 빠져나오고 난 뒤에야 잠시 멈춰 끼니를 때울 수 있다.

늘 그런 터라 동료들에게 수시로 어디쯤인지 묻는 전화가 올 때, 더불어 묻는 것은 "밥은 먹었어?"였다. 죄다 수염이 덥수룩

한 사내들이 거칠게 보채긴커녕 마음 찌르르하게 밥은 먹었냐
니. 그들의 기대와 다르게 나는 늘 밥을 먹기 전이었다. 어떤 일
이든 잠시 멈춰두고 다른 짓을 하는 걸 못 참는 성격이라 끝날
무렵이 되기까지 식사를 미루곤 했으니까. 동료들은 꼭 덧붙인
다. "거래처에서 전화가 오건 말건 밥은 먹고 해. 먹고 살자고 하
는 거잖아, 우리." 그럼 그제야 챙겨둔 식사를 뜬다.

식품 업체의 배송기사는 영업직이기도 하다. 만일 어딘가에
서 식사를 하게 된다면 명함을 건네며 우리 물건도 한번 써 보라
는 제안을 한다. 그런 면에서 영 멋쩍은 나는 차에서 뭘 먹는 게
그래서 편했는지도 모른다. 하루는 과장이 함께 인사도 돌릴 겸
해서 내 차를 타고 따라나섰다. 역시 과장은 과장인지 빨리 와
달라는 주인들의 요청을 너스레 반, 으름장 반 섞어 쳐 내고 여
유롭게 식사를 하러 들어갔다. 난 우물쭈물하며 늦을까 걱정했
는데 과장이 말했다. "늦는다고 세상 안 무너져. 밥이나 먹어."

정말 그의 말대로 가게 주인들은 늦은 것에 대해 일절 말이
없었다. 그간 내가 재촉받은 시간은 무엇이었나. 돌아오는 길에
우린 휴게소에 들러 어묵을 먹었다. "아무도 안 보니까 놀아도
된다는 건 아니야. 그런데 죽자사자한다고 알아주는 사람도 없
어. 이 일이 그래." 나는 나를 너무 초라하게만 보는 탓에 성실함
이라도 없으면 아무도 나를 써주지 않을 거라는 생각이 줄곧 있
었다. 그래서 모두가 성실한 세상에서 이게 무슨 강점이 되느냐

묻는다면 요령을 피우지 않는 떳떳함을 내보이는 게 전부였다. 그 말은 그저 제때 휴식을 챙기라는 조언이었을지도 모른다.

대단한 인재가 필요하지 않은 일을 하면서 그저 멋을 부렸던 건 아닐까. 세상살이야 그렇다 치더라도 성실함이라는 덕목은 어디를 가나 큰 환대를 받기 마련일 텐데, 요즘 사회에서는 성실함이 너무 흔했다. 다들 자신의 역량을 올리는 동시에 성실과 근면을 함께 가져가니까.

어떤 가게 주인은 식재료가 든 상자를 내던지며 "이게 아니라고!" 윽박질렀다. 다시 확인해 보겠다고 머리를 조아리면서 나는 바닥에 뒹구는 물건들을 주워 돌아 나왔다. 택시 기사와 버스 기사들은 소리가 난 쪽을 힐끗 보더니 다시 자신의 그릇에 고개를 돌려 식사를 마저 하기 시작했다. 사람을 태우는 사람들만 사람대접을 받을 수 있을까. 담배를 물고 여기저기 전화를 돌려 진행 상황을 보고하고, 문제가 된 부분에 대해 재배달을 가기로 한 뒤에야 다음 장소로 갈 수 있었다. 나는 그 식당에서 때 놓친 점심을 먹어볼 참이었는데 그런 것은 따로 말하지 않았다. 김밥을 먹어야 하나 생각하여 다시금 핸들을 돌려 배달을 이어갔다.

제주에서 가장 크다고도 말하는 식당으로 가는 배달이라서 바짝 긴장해야만 한다. 재료를 꺼내 요모조모 살핀 뒤 마음에 썩 들지 않는 모양이라면 그대로 돌려보내니까. 그래서 나의 사장은 늘 내게 골라간 재료를 최대한 거절당하지 말라고 당부했다. 주인에게 밉보이지 말라는 말도 덧붙이면서. 다행히 그 날은 거의 모든 식재료들이 괜찮은 편이었다. 걱정이 풀려 숨을 돌리는데 식당 사장님이 문득, 내게 말을 걸었다. "밥은 먹었어?", "이제 두 세 군데 남아서 배달 마치고 먹으러 갈 참입니다.", "지금이 몇 신데 아직 밥을 안 먹고 다녀." 그리고 고개를 홱 돌려 주방에 소리를 질렀다. "이모! 여기 찌개 하나랑 공깃밥 두 개만 갖다 줘요!" 한사코 사양하는 나를 붙잡아 앉히고는 그가 말했다. "우리 식당이 여기 식당들 중에 제일 커. 뭣하면 내가 너희 사장한테 말할게. 애가 밥도 못 먹고 이렇게 열심히 일하는데 자꾸 그렇게 하면 거래 끊을 거라고. 다 먹고 살자고 하는 일 아니야?" 그래, 주인의 말이 맞았다. 다 먹고 살자고 하는 일들이 아닌가.

김치찌개와 계란프라이까지 올린 공깃밥. 따로 찬은 없다며 양파 장아찌와 오징어 젓갈 같은 것이 함께 차려졌다. 어디선가 또 나를 찾는 전화벨이 울릴세라 마구잡이로 밥을 밀어 넣고 있는데 금세 내 핸드폰을 앗아간 주인이 내 핸드폰의 전원을 꺼 버렸다. "누가 뭐라고 하면 우리 가게에 전화하라고 해. 내가 붙잡고 있었다고 말할 테니까." 실은 내 방패가 될 수도, 어떤 보호막이 될 수도 없는 그의 말이 난 괜스레 든든하게 느껴졌다. 덕분에 먹는 속도가 줄어 밥알을 느끼고, 김치를 씹으며 이미 다 데여 버린 입천장을 살필 수도 있었다.

혹시라도 하는 일이 서글프면, 여기서 자기랑 일하자고도 했다. 오래간만에 듣는 제안이었다. "사장님이 이렇게 해주시는 바람에 지금 일에 보람을 느껴버렸어요.", "아이고 그럼 내가 실수했네." 그런 농을 던지며 밥 얻어먹는데 옆에 있으면 불편하다고 그는 자리를 피했다. 기사 식당에 못 가는 기사가 어디 흔한가. 입에 들어가는 것으로 자신을 존중할 수 있는데 나는 스스로를 소홀하게 여기고 있던 것 같았다. 내가 알고 있던 성실함이 나를 버리면서까지 유지해야 한다면 난 성실하다고 말하기 어려울지도 모른다. 성실한가. 그렇다면 무엇이 성실을 가르나. 이후로 자신을 챙기면서 일에 집중해 보기로 했다. 다시 성실을 배워보리라 생각하면서.

카메라를 다시 들이는 마음

여행을 떠나기 전 마지막으로 거친 일은 냉동 탑차 운전기 사였습니다. 오래도록 일했으니 수중에 제법 많은 돈이 모였습 니다. 퇴사한 뒤엔 매일같이 노트북과 핸드폰을 매만지며 이것 저것 써 내려갔습니다. 한동안은 일하지 않더라도 생활할 수 있 을 것일 테지요. 그보다는 생존이라 부를 수 있겠지만요. 그런 면에서 저의 생존 비용은 턱없이 낮아 아주 적은 돈이라도 살아 갈 수는 있다고 말할 지경에 이르렀습니다. 제 기준에서는 풍성 한 잔고가 그저 숫자로만 보이게 되자 공허해지기도 했습니다. 그간의 많은 고생을 치하하는 이 숫자가 의미하는 바는 무엇일 까요.

집중할 기회, 꼭 그것이 전부라고 말할 수 없겠죠. 그러나 저는 다가온 기회를 잡을 능력을 잡을 준비는 충분히 되었는지 몰라도 함부로 흘려보내도록 허술하진 않아서, 갑자기 생긴 듯 넘치는 시간을 책 읽기와 쓰기에 쏟을 수 있었습니다. 결과가 좋든 처참하든 후회는 없을 정도까지 해봐야지. 그리고 다시 나의 삶으로 돌아가야지. 앞으로 꽤 오래 여행을 할 수 있을 거라는 행복에 겨워 코로나19의 경계심이 풀리길 기도했습니다.

어느 날 불현듯, 다시 카메라를 살 마음이 들었습니다. 조만간 출국하겠다는 생각이 떠올랐을 때 수중에 있는 돈에서 얼마를 뚝 떼어 예전에 쓰던 카메라와 같은 기종을 다시 구했습니다. 구하기 직전까진 조용하고 은밀하게 기뻐하고 말겠다는 생각이었는데도 정작 내 손에 카메라가 들리자 감격에 겨워 울고 말았습니다. 소중한 것을 놓쳤다가 돌려받는 기분은 다른 것으로 대신할 수 없을 것입니다. 충분한 여윳돈을 마련해 두지 않더라면 나는 이 물건을 다시 구할 욕구가 생겼을까요. 아마도 아닐 것입니다. 일하는 기쁨이란 이런 것일지도 모르겠습니다. 모든 것을 챙기기는 어려울지라도 그중 가장 놓지 말아야 할 것, 소중한 것은 어떻게든 챙기고 말겠다는 마음이었습니다.

보편의 범주에서 벗어난 것이 저의 현재라고 한다면 현재를 뺏겼을 때 슬프지 않을 자신이 있을까요. 뻑적지근한 가슴을 붙잡고 구김 없는 척 살게 될까요. 그렇게 멀쩡하지 않은데 멀쩡한 척을 하다간 금세 고장이 나지 않을까요. 아주 가끔, 이런 삶의 형태를 살짝 이야기할 때면 내게 보내는 동경의 눈빛으로 인해 겁에 질려버리기도 합니다.

욕심쟁이인 저는 해보고 싶은 일을 우선하는 동시에 현실적인 부분을 계산합니다. 시간과 가치와, 무릇 직업이 지닌 인식을 파훼하려 스스로 몰아넣기도 해봅니다. 그렇게 맛만 보고 나왔던 직업을 생각하며 사회 구성원들이 어떻게 사회를 떠받치고 있는지 깨닫기도 합니다. 흠이 될 수도 있는 짧고 다양한 경력이 자애로운 고용주를 만나 인정받게 되면 좋으련만, 일반적인 기준으론 얼토당토않은 기간이 사회성 결여로 낙인 찍히는 게 부지기수이기에 위축될 때가 잦아집니다.

그래서 카메라가 무엇이냐고 제게 물으면 남들과 같이 미래의 일상을 확정 지을 뻔하기도 했던 소중한 물건이라고 대답하고 싶습니다. 손에 들려 있는 것만으로도 든든한 혼신의 열정과 변변찮은 성의가 가득 담긴 그런 물건. 잘 찍지는 못하더라도 가져야 할 물건. 여행도 마찬가지로 그러할 테지요. 새로운 모든 일이 목표를 향해 거쳐 가야 할 순간이니 괴롭거나 힘듦이 날 흐트러뜨리지는 못할 거야. 그럼 또 어떤 새로운 직업에서 내가 몰랐던 새로운 면을 발견하여 스스로를 길러내는 자양분으로 흡수할 수 있을 것입니다. 미래에다 자신을 내맡길 이유는 없지만 꿈에 내맡길 이유는 분명히 있으니까요.

여행하는 모두가 여행을 떠났다 일상으로 돌아온다고 말하곤 합니다. 저는 잠시 일상으로 떠났다가 이제야 여행으로 돌아간다고 말하기로 했습니다. 종종 또 내가 하고 싶은 일이 생기면 준비하기 위해 일상으로 떠날 수도 있습니다. 그리고는 기꺼이 여행으로 돌아가도록 힘차게 몸짓을 할 것입니다.

한 장은 실수, 열 장은 컨셉, 백 장은 스타일이라고 했던 말이 불쑥 떠오릅니다. 제 삶은 이제 몇 장쯤에 도달했을까요. 모르긴 몰라도 이제껏 지나온 생에 미적지근하게 부유하며 머무르고 있는 것만 같습니다. 느긋이 흘러가고 흐르는 것들을 봅니다. 삶의 본질을 찾은 이상 저는 어떻게든 부유할 수 있습니다.

직업의 세계 바깥에서 유영하기
워크 앤 프리

초판 1쇄 인쇄 2022년 7월 14일
초판 1쇄 발행 2022년 7월 21일

지은이 박하

펴낸이 이준경 펴낸곳 지콜론북
편집장 이찬희 책임편집 김한솔 편집 김아영
책임디자인 정미정 디자인 김정현 마케팅 이수련

출판 등록 2011년 1월 6일 제406-2011-000003호
주소 경기도 파주시 문발로 242 3층
전화 031-955-4955 팩스 031-955-4959
홈페이지 www.gcolon.co.kr 트위터 @g_colon
페이스북 /gcolonbook 인스타그램 @g_colonbook

ISBN 979-11-91059-30-4 03810
값 15,500원